# 1인가구 특별동거법

이재은 소설집

## 차례

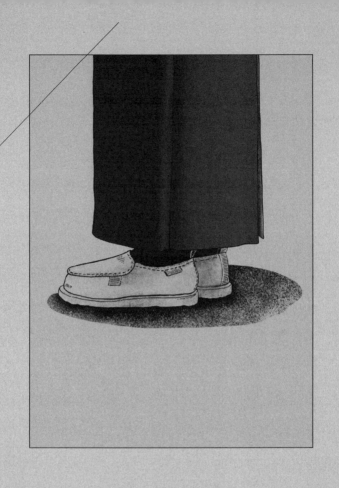

여행자
- 구도에게

한눈에 화장터라는 걸 알 수 있었다. 거리를 두고 나란히 놓인 프레임은 시신을 올려놓을 때 쓰는 평상이었다. 아래에 홈이 패어 장작을 넣을 수 있게 돼 있었다. 평상은 깨끗했지만 재의 얼룩이 바닥에 흔적을 남겼다. 최근에 불을 피운 자취였다. 냇내가 나는 듯도 했다. 장작이 수북이 쌓여 있었지만 터를 지키는 사람은 없었다.

내 상상 속에서 '그것'을 태우는 연기는 바다가 아닌 육지 쪽으로 흘러들었다. 고인이 한참 전에 태어나고, 자라고, 숨을 거둔 마을 쪽으로. 망자가 태어나기 전부터 존재했고, 언제까지 존재할 그 자리로.

어느 쪽이면 어떤가.

연기는 세상 안에서 흩날렸다. 무언가를 살게 하는 바람, 누군가를 살게 만드는 바람과 섞였다.

힌두교도들은 무덤을 갖지 않는다. 그들은 자신이 신의 피조물에 불과하다고 여긴다. 신의 뜻대로 왔다가 신의 뜻대로 가는 것이다. 저 너머는 인도양 서북부의 아라비아해였다. 갠지스강에서 최후의 말을 내뱉지 못한다면 넓디넓은 바다에 녹아

내리는 것도 나쁘지 않을 것 같았다.

구도가 상체를 깊이 숙여 담배에 불을 붙였다. 후, 나는 구도의 날숨을 흉내 냈다. 구도를 따라 입술을 오므리고 입김을 내뿜으며 소리 내는 것이 나의 간접흡연이었다. 나는 구도를 곁눈질하면서, 때로는 뱅글뱅글 돌면서 곁에 있었다.

우리는 시멘트로 구획된 화장터를 벗어났다. 도로 맞은편에 검은 개들이 어슬렁거리고 있었다. 그곳은 안으로 들어갈 수 없는 가난한 자들의 공간이었다. '프레임' 밖으로 내던져진 이들의 장소였다. 개들이 육신의 마지막 부스러기를 더듬고 있었다. 길의 동쪽과 서쪽, 어디에든 죽음이 있었다.

구도가 시동을 걸었다. 낡은 스쿠터는 기동이 원활하지 않았다. 구도는 강약중간약으로 킥을 차면서 스로틀을 당겼다. 그걸 엔진 달래기라고 불렀다. 구도가 사인을 보내면 얼른 뒷자리에 올라탔다. 핸들을 단단히 잡은 안정적인 자세로 잠시 멈춤 한 뒤 내 쪽으로 살짝 고개를 돌리는 것이 구도의 신호였다.

얼마나 달렸을까.

이
재
은

동굴 표지판을 발견하고 화살표를 따라 왼쪽으로 들어섰다. 동굴 소개가 적힌 큼지막한 안내판 아래 스쿠터를 세웠다. 계단을 내려가자 왼쪽, 오른쪽으로 입구가 갈라졌다. 좌측에는 13번 동굴이, 우측에는 1번부터 12번까지의 동굴이 있었다. 우리는 오른쪽으로 들어갔다. 동굴 벽에 칠해진 붉은색 기호로 방향을 가늠했다. 폭우로 바위가 뚫리면서 나타난 자연 동굴이라고 했다.

머리 위의 갈라진 틈으로 빛이 새어 들어왔다. 우리는 빛살을 가이드 삼아 걸음을 옮겼다. 사이다처럼 깨끗하고 밝은 색이었다. 구도는 돌출된 돌 위에 올라가 보기도 하고, 몸을 반으로 접어 작은 굴속에 들어가 보기도 했다.

야아, 나는, 우리 말이야.

구멍에서는 작은 소리도 크게 울렸다.

어떤 시공간에서 느꼈던 감정을 한마디로 설명할 수는 없다. 불가능한 것이 아니라 그래야 할 이유가 없는 것이다. 속도를 늦추고, 수시로 시동을 끄면서 해변과 골목을 어슬렁거렸던 그날의 스쿠터 라이딩은 '숭고함'으로 표현되어야 했다. 바다, 절벽, 동굴, 화장터 그리고 묘지는 귀한 것들임에 틀림없었다.

말할 것도 없이, 거기에는 생(生)이 가득했다. 살고, 살아 있었다. 삶과 목숨, 생명과 세상이 있었다. 기쁨이나 놀라움, 진기함을 넘어서는 감회.

해가 진 뒤 디우에 도착했다. 두 번 허탕 치고 세 번째 찾아간 게스트하우스였다. 만실이라는 청년의 대답에 절로 한숨이 나왔다. 아쉬워하는 내게 그는 '페스티벌'이라고 이유를 알려 주었다. 며칠 후면 크리스마스, 곧 연말이었다.

예정보다 늦은 도착이었다. 차량에 문제가 생겼다며 잠시 정차한 버스는 승객을 모두 태운 채 세 시간을 그 자리에 멈춰 있었다. 갈증과 허기가 밀려왔다. 뭄바이에서 출발한 지 만 하루가 다 돼 가고 있었다. 쉬고 싶었다.

청년에게 배낭을 잠시 봐 달라고 눈짓으로 부탁한 뒤 맞은편 호텔에 갔다. 단층이지만 규모가 큰 곳이었다. 빈방이 있었지만 내가 받아들일 수 있는 가격이 아니었다. 게스트하우스의 다섯 배가 넘었다. 다크서클이 두 배, 세 배로 번지는 느낌이었다. 돌아와 배낭에 기대 주저앉았다.

그런 나를 보고 청년이 어딘가로 전화를 걸었다. 그는 코리안, 프렌드, 걸이라는 단어를 썼다. 잠시 뒤 밑창이 얇은 슬리퍼가 바닥을 털털 차는 소리가 들렸다. 검은색 운동복을 입고 나타난 한국인 여행자는 말끔하고 늘씬했다. 머리는 예외였다. 자르지 않은 머리카락을 헤어밴드로 넘기고 있었는데 그건 오래 여행했다는 증거였다.

나 대신 청년이 그에게 내 사정을 설명했다. 상황을 알아챈 나는 아니라고 손을 내저었다. 민망해하는 내게 한국인 여행자는 자신의 침대를 내주겠다고 했다.

괜찮아요.

그가 말했다.

구도라고 했다. 훗날 프로크루스테스로 변신한다고 해도 당장에는 구도의 호의가 더없이 고마웠다.

자신의 중개에 만족한 청년은 실실 웃으면서 구도가 선불로 낸 숙박비와 동일한 금액을 내게 요구했다. 구도가 말도 안 된다며 항의하자 그의 어깨를 툭툭 치더니 '마이 프렌드' 어쩌고 하면서 10퍼센트를 깎아 주었다.

디우는 내 여행의 최종 목적지였다. 다른 도시는 디우에 오기 전 거쳐 온 장소에 불과했다. 나는 디우에서 일주, 혹은 이주, 어쩌면 한 달을 머물 생각이었다. 믿을 만한 문장을 쓰는 블로거와 트위터리안들이 추천한 곳이었다.

소음과 흙먼지가 없는 인도를 바란다면 디우가 바로 그곳. 조용한 마을을 선호하는 여행자들에게 인기 있는 휴양지라고 했다. 오가는 길은 험하지만 일단 도착하면 그보다 더한 휴식처는 없을 거라고 했다. 사진은 특별할 게 없었다. 선셋 포인트에서 해지는 모습을 담은 이미지가 많았다. 바닷가에서 캠프파이어를 하거나 해산물을 싸게 구입해 한가한 시간의 식당 주방을 빌려 요리해 먹는다고도 했다. 스쿠터나 자전거로 해변을 달린 경험은 모두 미담으로 적어 두었다.

자주 수첩을 펼쳐 사실과 인상을 기록했다. 내게 미소 지은 사람, 내게 등 보인 사람, 지불 금액, 이동 경로, 밤을 보낸 숙소의 아침 등.

이
재
은

새 도시를 방문하면 꼬박꼬박 엽서를 샀다. 손바닥만 한 직사각형 종이가, 두껍지도 얇지도 않은 우편엽서가 보내는 이와 받는 이의 마음을 연결해 줄 거라고 기대했다. 작은 글씨로 가로 22.7센티미터, 세로 15.8센티미터의 여백을 채웠다. 귀로 들리는 소리와 눈으로 보이는 풍경 사이의 공허와 마음에 대해 적었다.

엽서는 단순히 안부를 전하는 쪽지가 아니었다. 방랑을 기별하는 메아리였다. 나는 엽서를 부치지 않았다. '그립다'고 써도 오롯한 내 감정대로 '그립다'고 읽어 줄 사람이 없을 것 같았다.


한 해의 마지막 날. 거대 인파가 거리를 휩쓸었다. 한 손으로는 친구와 어깨동무를 하고, 다른 손에는 술병을 든 젊은이들이 하루쯤은 느슨해져도 좋지 않은가, 하는 얼굴로 거리에서 휘청거렸다. 술이 있고 춤이 있고 음악이 있는 곳으로 몰려갔다. 곳곳이 나이트클럽이고 술집이었다.

불가능이 없는 나라. 경적이 울리고, 건물이 쿵쾅거렸다. 커플과 가족만 허용된 바에서 쫓겨난 무리가 남자들끼리도 얼마든지 즐길 수 있다는 걸 보여주려고 길에서 포옹했다. 사교적인 남자들은 우리에게 하이, 손을 흔들고 악수를 청했다. 구도와 함께 있어서 안심이 됐다.

세인트 폴 성당은 디우 시가지에 있는 세 개의 예배당 중 유일하게 미사가 열리는 곳이었다. 1610년에 건설된 바로크풍 성당으로, 포르투갈 통치 시기에 세워졌다. 도착해서 시계를 보니 11시 59분이었다. 예배당 안뜰에서 폭죽이 터졌다.

구도와 나는 입구에서 'NEW YEAR MASS'라고 적힌 종이를 받아 들고 안으로 들어갔다. 귤과 복숭아, 성전은 과일빛으로 가득했다. 눈치껏 무릎을 꿇고 눈을 감았다. 따뜻하게 두 손을 모으고 기도했다. 신부님 말씀은 거의 알아들을 수 없었다. 이웃과 축복을 나누는 시간은 금세 파악됐다. 우리는 잘 차려입은 신도들과 마주 보고 이마를 숙이며 경건하게 인사했다. 미사가 끝나자 다시 한 번 하늘에서 폭죽이 쏟아졌다.

새해 맞이 기념으로 한국인 여행자들과 책을 교환하기로 했다. 『사랑의 역사』와 『나는 누구인가』,

이재은

『입 속의 검은 잎』과 『슬픔이 없는 십오 초』가 펼쳐졌다. 나는 『작지만 확실한 행복』, 『숨그네』, 『방문객』을 꺼내 놓았다.

여행자들은 작가 프로필을 보기도 하고 페이지를 들춰 보기도 하면서 마음에 드는 책을 골랐다. 나는 『사랑의 역사』를 집었고, 구도는 시집 두 권을 읽어 보겠다고 했다.

내가 내놓은 『방문객』은 인기가 없었다. 하루에 한 줄씩 쓴 게 틀림없어요. 빡빡한 사유로 머리에 피가 몰리고 쥐가 나게 만들어 새로운 정신으로 다시 깨어나고 싶은 분께 추천합니다. 제법 재치 있게 말했지만 아무런 반응이 없었다.

『방문객』은 읽을 만한 가치가 있었다. "앞에서 껴안으면 등이 벌써 외로워지는 사람들", "숨을 죽이고 섹스하는 사람들", "공짜로는 아무것도 얻은 적이 없는 소외당한 사람들", "꿈속에서도 끝에서 두 번째 자리에 머무른 채 더 이상 앞으로 나아가지 못하는 불우한 사람들", "문 앞에서 어정거리다가 결국 초인종을 울리지 않기로 마음먹는 사람들", "상대를 뭐라고 불러야 할지 몰라서 결국 편지를 쓰지 못하는 사람들", "학교 운동장에서 어떤 팀에도 뽑힌 적이 없는 사람들", "항상 떠나는 사람한테서만 어떻게 지내냐는 안부 인사를 받는 사람들", "거울 앞에서 자주 우는 사람들".

그런 사람들이 거기 있었다. 나도 '이런 사람들' 중 하나였다.


구도의 팔은 길고 내 팔은 짧았다. 구도의 가슴은 작고, 내 가슴은 컸다. 구도의 입술은 도톰하고, 내 입술은 얇았다. 나는 구도의 왼쪽 귀에 입을 맞추고, 구도는 내 오른쪽 귀에 입을 맞췄다. 우리는 서로를 쓰다듬고, 포옹하고, 부족한 점을 보완했다.

우리는 불완전했다. 그리고 닮았다. 함께 있으면 타락한 도플갱어 같았다.

그날 말이에요, 첫날, 나 도착한 날, 처음 본 날, 나 받아 줬잖아요. 트윈 침대니까 하나씩 쓰면 된다면서. 왜 그랬어요? 외로웠구나?

구도가 피식 웃었다. 나는 칼자국이 있는 구도의 팔목을 혀로 핥았다.

작아서. 배낭하고 앉은 키가 똑같은 걸 보고 저

사람 참 작구나, 하고 생각했거든.

구도가 내 이마에 입을 맞췄다.

작아서 좋았다고요? 그게 다예요?

응.

콩벌레처럼 몸을 말아 구도의 옆구리에 파고들었다. 구도의 대답이 마음에 들었다.

좋아한다든가 사랑한다든가 하는 애틋하고 열렬한 감정에 대해 우리는 전혀 생각하고 있지 않았다. 영원한 진심 같은 건 호랑이에게 던져 주라지. 떠난 사람은 잊자. 잠깐 그들을 맘껏 비웃어 주자. 나는 세상에 없는 이들에게 고약한 신음 소리를 들려주자고 생각했다. 이 시간은 온전히 나의 것이다.

나는 내가, 타인은 결코 알 수 없는 특별한 시간의 밀도 안에 있다는 걸 알았다.

인도에서, 타인에게 암소를 주게 된 암소 주인은 그 암소와 사흘 낮 사흘 밤을 함께 지낸다. 자신의 암소에게 결별의 이유를 설명해 주기 위해서.

구도는 서쪽으로 간다고 했다.


우리는 우리만의 방식으로 결별 의식을 치렀다.

서로의 주머니를 활용하는 것이다. 나는 구도의 왼쪽 바지 주머니에 들어갔다. 주머니 밖으로 고개를 내밀고 책을 읽고, 커피를 마셨다. 구도는 가끔 내 이마를 톡톡 두드렸다. 부주의하게 왼쪽 주머니에 손을 집어넣는 일은 없었다.

내가 바지 주머니에서 기지개를 켜고 나오면 이번에는 구도가 내 티셔츠 주머니 속으로 들어갔다. 가슴 왼쪽에 담뱃갑보다 조금 큰 주머니가 달려 있었다. 나와 달리 구도는 주머니 속에서 대개 잠을 잤고, 나는 잠들어 있는 구도를 나른하게 응시했다. 왼쪽 가슴 위에 구도의 체취가 남았다.

떠날 시간이었다. 야간버스에 배낭을 싣고 나온 구도는 라이터를 켰다. 후, 나는 구도의 날숨에 호흡을 맞췄다. 구도를 따라 입술을 오므리고 입김을 내뿜었다. 구도를 흘끔거리는 일도 오늘이, 지금이 마지막이었다.

담배를 비벼 끈 구도가 오른손을 내밀어 악수를 청했다. 나는 잡은 손에 힘을 줬다. 구도에게 눈을 맞추지 못한 채 다섯 손가락에, 온몸에 감정을 실었다.

조심해서 가요. 속삭였던 말들, 위로하고 위로받았던 순간들이 한꺼번에 밀려들었다. 괜찮아, 괜찮을 거야. 손을 놓고 돌아서자마자 눈물이 났다.

시에스타 중인 거리를 걸었다. 식빵과 우유를 파는 곳, 달걀과 당근을 파는 곳으로 기억했던 가게들이 자물쇠를 내걸고 굳게 닫혀 있었다. 구자라트주 상인들은 낮을 세 등분해 일하고, 휴식하고, 다시 일을 했다.

아침에 내놓았던 선반과 상자를 들여놓고, 의자를 밟고 올라가 못에 걸어 두었던 두루마리 휴지를 빼내고, 과자 봉지를 떼어 냈다. 서너 시간 뒤에는 필름이 거꾸로 감겼다. 과자 봉지가 내걸리고, 두루마리 휴지가 매달리고, 선반과 상자가 길가에 펼쳐졌다. 나는 한낮의 유령처럼 여기저기 걸음을 옮겼다.

껵껵. 까마귀가 울었다.

푸드득거리며 새가 날아갔다.

어떤 상황에도 그것, 그곳에 익숙해질 수 없었다. 안다고 생각했던 것도 낯설게 자각될 때가 있었다. 사탕수수를 눌러 짠 주스를 마시다가 불현듯 슬픔 같은 것이 북받쳤다.

출발하고, 도착하고, 조우하고, 이별한다. 반복되는 접촉과 분리에 능숙해질 수 없다는 점에서 모든 여행자는 초보자일 수밖에 없다.

장소가 바뀌면 여기는 식당, 여기는 빵집, 여기는 우체국, 하는 식으로 지리를 익혀야 한다. 새 공간, 새 자리, 새 얼굴에게 인사해야 한다. 여행자는 장소와 사물을 수줍은 눈으로 바라본다. 어떤 의미에서 그건 정면이 아닌 측면, 혹은 후면에서 보는 것과 같다. 먼 나라의 거리와 풍경을 비켜서서 보는 것이다. 가슴을 들이밀며 내 것인 양 구는 게 아니라 몸을 돌려 조심스레 들여다보는 것이다. 뒤에서 가만히 숨을 쉬어 보는 것이다.

디우에 오지 않았다면 실패한 여행이 되고 말았을까? 사소한 달콤함, 우연한 쌉쌀함에 감탄했다. 나는 그때그때의 이미지를 파노라마처럼 엮을 수 있었다.

위엄 있는 요새. 포르투갈풍 교회. 시에스타의 고요함. 빛바랜 문과 녹슨 자물쇠. 내부는 커다란 광

이재은

같고 옆으로 작은 은둔처가 있으며 학교와 맞붙어 있는 성 바울 성당. 가톨릭 성인들의 성상과 기독교 유물. 오래된 성경을 전시해 놓은 디우 박물관. 32킬로미터까지 불빛을 비추는 등대가 있는 디우 성. 빠니 코타를 가까이서 보기 위해 항구에서 탔던 배. 바다에서 본 디우의 전경. 성벽 바깥쪽 계곡에 있는 천년 동굴 나이다. 수영 인파와 술 취한 남자들이 많았던 나고아 해변. 소풍 나온 아이들로 가득했던 잘란다르 해변. 구제의 성모 성당이 있는 푸담. 어촌 마을 바낙바라.

우리의 디우시티.

구도에게 엽서를 썼다. 1번부터 12번 동굴 어딘가, 빛의 분수 속에 서 있는 구도의 사진을 붙여 만든 카드였다. 언니의 손이 필요해, 그런 말을 할 수 있을까. 밥은 먹었는지, 힘든 일은 없는지, 방금 무엇 때문에 웃었는지 속닥거리고 싶다고 고백할 수 있을까.

잘 잤는지, 기분은 어떤지, 보고 싶다는 말부터 사랑한다는 말까지 전할 수 있을까. 언니를 만나면 지구에서는 답을 찾을 수 없는, 어떤 사물을 바로 말하지 않고 우주에 빗대어 대답하는 놀이를 연구할 거야. 지구 밖에서나 통할 만한, 나가는 길을 쉽게 찾을 수 없는 미로를 계발할 거야.

내 농담, 듣고 있어? 어디 있어, 언니?

구도는 구도의 길을 갔고, 나는 여기 있다.

여행자는 길에서 묻지 않는다. 길에서는 그저 만날 뿐이다.

이
재
은

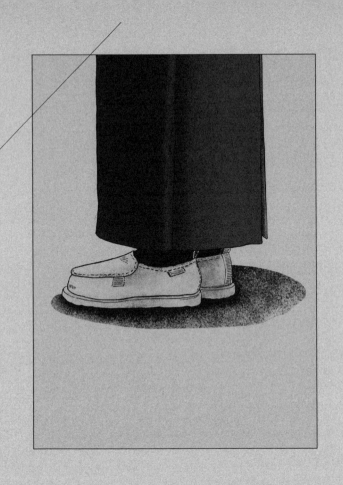

뷔우

당신은 자주색 블라우스에 블랙진을 입고 키높이 운동화를 신었어. 화장은 가볍게 했어. 눈썹을 풍성하게 만들고 눈매를 또렷하게 하는 데 시간을 들이지 않았어. 알이 큰 귀고리나 펜던트에 눈길 주지도 않았어. 이 나이에…… 뭔가 내보이면서, 무언가 이뤄지길 바란다는 마음을 들키고 싶지 않았어. 당신은 젊지 않았고, 그도 마찬가지였으므로 초인간적인 힘이 닿아 어떤 자연스러움에 홀렸으면 했어.

역 근처에서 차가 좀 밀렸어. 약속 시간 3분 전이었고, 당신은 소개팅 상대에게 메시지를 보냈어.

좀 늦을 것 같아요.

전 상점 앞이에요, 그가 대답했어.

순간적으로 미간이 좁혀졌어. 당신은 미미한 행위를 부정적으로 해석하고 판단하고 싶은 감정을 억눌렀어. 어느 상점이요, 가 아닌 어느 상점이실까요, 로 어미를 길게 늘리면서 예민함을 감췄어. 그의 대답에는 위치 정보와 멋쩍은 웃음이 함께 담겨 있었어.

그는 핑크색을 메인으로 한 가게 앞에 있었어. 제

품을 홍보하는 종이 포스터와 플라스틱 인쇄물 사이였어. 남자의 첫인상은 나쁘지 않았어. 어깨를 움츠리거나 고개를 이리저리 흔들면서 주변을 두리번거리지 않고 바른 자세로 앞을 보고 있었어. 감색 계열 바지에 타이트한 흰색 셔츠 차림이었어. 마른 체형이었고 옷맵시도 괜찮았어. 자기소개할 때의 발음도 좋았어. 당신은 뚱했던 기분이 풀어졌어.

　일본풍으로 꾸민 선술집에 들어갔어. 테이블은 가림벽으로 나눠져 있었어. 어느 쪽이든 벽에 등을 기대고 앉을 수 있었어. 연어구이와 아보카도샐러드, 종이팩에 담긴 일본주를 주문했어. 상대는 당신이 따라 주는 술은 별말 없이 받았지만 자작하는 당신을 만류하지 않았어. 어이쿠, 제가 따라 드려야 하는데 같은 빈말이나 당신의 잔을 톡 치며 주류 예절을 지키려고 애쓰지도 않았어. 종종 당신의 잔을 찰랑찰랑하게 채워 주고 자기 잔은 혼자 보탰어. 형식적이지 않은 움직임이 세련되고 신중해 보였어. 잔을 감싼 손가락은 백조의 다리처럼 가느다랗고 깨끗했어. 격자무늬 나무젓가락과 등이 옴폭 파인 고양이 모양 수저 받침대, 청색 도자기 종지와 대

나무가 그려진 냅킨 등을 일별하다가 당신은 문득 조금 꾸미고 올걸, 하고 후회했어.

홍보팀에서 일하신다면서요, 그가 물었고, 주로 보도자료를 쓰고 다듬어요. 이것저것 다른 일도 하고요, 당신이 대답했어. 얼음통에 담긴 사케는 시원해서 마시기 좋았어.

다른 일이라면 어떤?

가끔 전시 리뷰나 인터뷰 기사를 써요.

리뷰. 인터뷰. 둘 다 뷰가 들어가네요. 뷔우우우…… 그가 바람 빠지는 소리를 냈어. 뷔우우우우우우…… 이번에는 좀 더 길었기 때문에 당신은 남자를 똑바로 쳐다볼 수밖에 없었어. 남자는 도도록한 입술을 동그랗게 말고 있었어. 올리브유 드레싱이 묻은 반질반질한 입술.

칫, 당신은 감탄사 대신 가만히 눈웃음을 쳤어.

장난치고 싶었어. 오른손을 감싸고 있는 시계를 벗기고 싶었어. 그걸 당신 손목에 차고 도망가고 싶었어. 짧은 손가락을 잡아 늘이고, 손등을 뒤집어 생명선과 운명선, 감정선을 간지럽히고 싶었어. 코앞에 있는 그를 건드리고 싶었어. 손을 힘껏 쥐고 있다가 서서히 풀어 그에게 자극을 주고 싶었어. 당신은 딴청만, 딴짓만 했어. 하체에 딱 붙는 앞치마를 두르고 서빙하는 알바생의 움직임을 멍하니 좇았어. 최면에 걸린 사람을 깨우듯 그가 당신 이마 앞에서 꿀밤 때리는 소리를 냈어.

무슨 생각 하세요? 당신은 슬며시 고개를 가로저었어.

당신은 이 설렘이 오래가지 않으리란 걸 알아. 영원을 언급할 필요도 없지. 당신의 감정 유지 기한은 길지 않아. 당신은 당신이 사람을 금방 파악하고, 다 아는 것처럼 군다는 걸 알아. 반복을 지루해하고 일상의 공유를 시들해하지. 뒤뚱거리지, 수다스럽지, 느릿느릿하지, 않고, 않으며, 않는. 당신은 이상형을 말할 때도 부정어를 쓰는 사람이야.

인연이 있을까.

당신은 기적을 믿어. 신의 존재를 믿어. 우주의 신비를 믿어. 내 나이가 어때서.

친구 놈 중 하나가 호텔 공공임대 들어갔는데 구경해 보니 좋더라고요. 회사하고 가까웠다면 저도 신청했을 거예요.

혼자 지내세요?

군대 있을 때 빼고도 자취한 지 이십 년이 넘어요. 그동안 수없이 이사했는데 지금 사는 집이 가장 작고 비싸요.

그는 쑥스러운 듯 웃었어.

원룸인데 여유 공간이라고 할 것도 없이 들어가면 오른쪽에 싱크대가 있고, 왼쪽에 욕실이 있고, 침대랑 붙박이 옷장, 그게 다예요.

역세권이라고 했어.

저도 혼자 살아요. 오래된 빌라지만 근처에 육교랑 공원이 있어요.

제가 사는 집은 침대에 누우면 비행기가 보여요.

와, 당신은 소리 질렀어. 떴다 떴다 비행기 날아라 날아라.

소음이 심하지만 층간소음처럼 불쾌하지는 않아요. 거리감 때문인지도 모르죠.

자주 보이나요, 비행기가?

삼십 분에 한 대씩은 지나갈걸요.

그의 집에 갈 수 있는 날이 올까? 침대에 누워 비행기를 볼 수 있는 날이?

좋은 이미지를 남기고 싶었기 때문에 그의 눈치를 봤어. 볼이 화끈거렸어. 보지 않아도 홍조가 짙어지고 있다는 걸 알았어. 잔을 비우는 속도를 늦췄어. 그가 화장실에 간 사이 거울을 꺼내 립스틱을 덧발랐어. 백뮤직에 귀 기울이다가 아는 노래가 나오면 한 음절로 따라 불렀어. 밥밥 비바밥 비바밥 바밥…….

그는 더 이상 뷔우우우, 당신을 향해 입술을 말지 않았어.

당신의 사수는 당신에게 인터뷰 작성 시의 주의 사항을 알려 주었어.

문학에서는 대상의 상반된 태도를 동시에 언급하는 일이 잦고, 그걸 문학적이라고 하잖아. 조각 같은 미남이었지만 동시에 깨질 듯 불안해 보였다는 식으로. 우리가 쓰는 글은 달라. 무조건 긍정만 내보여야 해. 네가 만난 그 사람이 세상에서 가장 멋지고 더없이 훌륭했다는 식으로. 나쁜 사실도 가능하면 쓰지 않는 게 좋아. 소리와 활자는 다르거든. 인터뷰 말미에 오늘 하신 말씀 중에 빼고 싶은 게 있는지 묻고, 없다는 대답을 들어도 열 중 서넛은 네게 연락할 거야. 무기력이라는 단어요, 우울이라는 말이요, 그거 삭제해 주시면 안 돼요? 당신을 응원해, 당신이 자랑스러워, 당신은 사랑받기 위해 태어난 사람이라는 식으로 확언해. 보이지 않는 인터뷰이의 능력을 최대치로 끌어올려서 지지해. 그래야 네가 편해. 네가 살아.

인간은 무시로 변하잖아. 그러니까 돌변은 아니지. 모순은 무슨. 연애소설을 읽을 때는 다정하다가 범죄소설을 손에 쥐면 사나워지는 게 인간인데.

어느 학교 출신이에요?

양친은 모두 생존해 계세요?

고향은 어디세요?

좋아하는 연예인이 있나요?

이건 그냥 재미로 하는 질문인데요, 혈액형 테스트 같은 거 아니에요, 별자리도 아니고요, 일종의 심리테스트랄까. 솔의눈이랑 데자와 중에 어떤 게 더 좋으세요?

당신은 글쎄요, 라고 우물거렸어.

솔의눈을 좋아하면 자연주의, 데자와를 좋아하면 도시주의래요.

아…….

한숨인 걸 그가 알았을까?

당신은 술잔을 뱅글뱅글 돌렸어.

오른쪽 테이블에 손님이 있었고, 당신은 여자들의 목소리를 들었어.

여행은 어땠어요?

시간이 날 때마다 연필을 깎았어. 몇 권의 노트를 채웠는데 수십 번 수정된 문장들만 질 좋은 백지 위에 남겼지. 그림도 몇 장 그렸지만 타인을 감동시킬 만한 수준은 아니야.

그러고요?

아테네 거리는 온통 스프레이 페인트로 그린 그래피티에, 인도에 노숙자도 많았어. 대로변에서도 버려진 건물이 눈에 띄었지. 한번은 호텔 근처에서 입간판에 적힌 식당 메뉴를 보고 있다가 먹물 테러를 당했어. 웬 남자가 다가와 물휴지로 다짜고짜 내 가방을 닦더라. 맴, 어쩌고 하며 손가락으로 룸메이트를 가리키는데 그녀의 바지도 온통 먹빛이었어. 여행자들을 노려 먹물을 뿌린다고 했어. 휴지를 내밀며 도와주는 척할 때 여행자가 방심하면 다른 남

이
재
은

자가 가방이나 카메라를 들고 도망가는 거지. 가이드북에서도 읽고, 길잡이의 당부도 있었기 때문에 우리는 금세 속임수라는 걸 알았어. 괜찮다고 말하면서 얼른 식당 안으로 몸을 피했지.

다행이네요.

여행자들이 많이 모이는 장소에는 어디서나 그리스 신의 두상을 본딴 마그네틱을 팔았어. 끌리는 대로 샀더니 종이로 칭칭 감은 포장이 서른 개가 넘더라고.

다른 도시는요?

꽃보다 할배 촬영지였다는 메테오라의 절벽은 위엄 있었고, 산티아고 이아마을은 정말 아름다웠어. 같이 갔으면 좋았을 텐데.

당신은 돌아보고 싶은 욕망을 꾹 눌렀어. 그들이 있는 쪽 바닥만 흘끔거렸어.


최면에 걸린 사람을 깨우듯 그가 네 이마 앞에서 꿀밤 때리는 소리를 냈어.

무슨 생각 하세요?

됐어요.

언니, 저 결혼할 것 같아요.

…….

…….

잘됐네.

아홉 살 많고, 평범한 직장인이에요. 그게 좋아요.

당신은 땅콩 껍질을 바스러뜨리다가 알맹이를 하나 집어 입에 넣었어. 화장실에서 당신 얼굴을 봤어. 그사이 피부가 파삭하게 말라 있었어. 힘주어 눈을 감았다 떴어. 손바닥으로 두 볼을 땅땅 때렸어. 밥밥 비바밥 비바밥 바밥…….

술집에서 나오니 비가 내리고 있었어. 그는 장우산을 펼쳐 들었고, 당신은 가방에서 3단우산을 찾았어.

같이 쓰실래요?

남자는 이를 보이며 웃고 있었어.

제안을 냉큼 받아들이기는 좀…… 그건 안기는 것 아닌가. 당신은 우산 아래로 뛰어들 수 없었어.

괜찮아요.

당신과 그는 각자의 우산 속에서 나란히 걸었어.

그 밤, 잘 들어갔느냐는 문자에 조금은 안심했던

이재은

것 같아. 그러나 다음 날도, 그다음 날도 그에게서는 연락이 없었어.

고백은 어린애나 하는 거다, 어른은 유혹하는 거다, 라는 말은 어디서 봤더라. 이 나이에 고백은 웃기지. 우리 사귈래요? 잘해 줄게요, 같은 말은.

두 사람은 시작부터 실패했지만 그들은 그걸 모르고 있었어.

마감 때문에 바빴어요. 그동안 잘 지내셨어요? 일주일 만의 안부였어.

심심한 건 외로운 거잖아. 당신은 두어 번 그를 집으로 데려와 빨리 젖어들지 않는 섹스를 했어. 끝나면 모른 척 등을 돌렸어. 없으면 보고 싶은 듯도 했지만 막상 얼굴을 보면 혼자 있고 싶었어. 당신은 당신을 사랑하는 데 익숙해져 있었어.

며칠 전에 이런 일이 있었어요.

그곳은 언덕을 오르려는 차와 언덕을 내려가는 차가 둥글게 호를 그리고 대치할 때가 잦았어요. 도로의 절반을 주차 차량이 차지해서 차 한 대가 겨우 지날 수 있었죠. 과속방지턱이 많았고, 운이 나쁘면 먼저 진입한 차량에 도로를 양보하느라 한

없이 후진해야 했어요. 집으로 가는 단선 코스였죠. 출퇴근 시간이 아니었으므로 수월하게 빠져나갈 수 있을 거라고 생각했어요.

　골목을 들어서자 멀리 차가 한 대 보였어요. 앞차와의 간격이 백 미터쯤 좁혀졌을 때 그 차가 움직이지 않는단 걸 알았어요. 앞차 앞에 앞차가 있었어요. 금세 상황을 파악할 수 있었죠. 두 차는 가고자 하는 방향이 달랐던 거예요. 산타페는 북쪽, 트럭은 남쪽. 북쪽으로 가던 차는 남쪽으로 가던 차가 후진해 주길 바라고, 남쪽으로 가던 차는 북쪽으로 가던 차가 양보하길 바란 거예요. 상대가 선불리 진입해서 자신을 번거롭게 하고 있다고 오해한 거예요. 그때 트럭 문이 열렸어요. 기사는 산타페 운전석 앞에 서서 위아래로 손을 흔들었어요. 창문을 내리라는 의미였죠. 삿대질했고, 몇 번 저를 쳐다봤어요. 이제 트럭 기사가 차로 돌아가 후진 기어를 넣을 거라고 생각했어요. 그는 그러지 않았고 바닥에 퉤퉤 침을 뱉은 뒤 점퍼 주머니에서 담배를 꺼냈어요. 힘껏 연기를 내뿜었어요.

　저는 후진해서 다른 길을 이용하기로 했어요. 비

상 깜빡이를 켜고 백미러를 확인하는데 뒤에서 흰색 승합차가 다가왔어요. 아무것도 모르는 운전자는 천천히 제 뒤에 차를 세웠어요. 이제 이쪽은 셋이었어요. 일 초, 이 초, 삼 초. 승합차 운전자가 참지 못하고 경적을 울렸어요. 트럭 기사는 보이지 않았어요. 저는 오토홀드를 걸어 놓고 브레이크에서 발을 뗐어요. 시동을 끄지 않은 채로 앉아 있었어요. 흰색 승합차 뒤로 또 다른 차가 대기했다가 왔던 길을 되돌아갔어요. 뒷사람이 연거푸 경적을 울렸어요. 3시 21분. 정확히 11분 만에 트럭 기사가 차를 뺐어요. 산타페가 먼저 출발했고, 내 차도 트럭을 스쳐 지나갔죠.

저는 거기 있었으면서도 거기 있지 않은 척한 거예요. 가만히 있었던 거예요. 두려웠거든요, 잘 안 될까 봐.

좀 더 뻔뻔하게 굴지 못한 자신을 후회해 봤자 소용없다는 걸 알아.

정수리를 보고 눈썹을 보고 눈과 눈 사이를 보고 코를 보고 입술을 보고 혀를 굴려. 앞목과 뒷목, 옆목을 보고 가슴과 등, 팔과 복부를 문질러. 허리와 엉덩이를 보고 사타구니와 허벅지, 다리와 발, 발가락을 주물러. 머리 어깨 무릎 발 무릎 발. 머리 어깨 무릎 발 무릎 발.

당신은 더 이상 그의 비행기를 보고 싶어 하지 않아. 비행기는 순식간에 지나갈 테고, 소음은 오래 남겠지. 당신은 참을 수 없었을 거야.

당신과 그는 자연스럽게 멀어졌어. 헤어져요, 그만 만나요, 같은 알림 없이.

형이 있었어요. 밤운전 중에 전봇대를 들이받고 저수지에 빠졌어요. 뒤에서 오던 운전자가 신고해서 바로 병원으로 옮겼는데 내내 의식불명 상태다가 며칠 뒤에 죽었어요.

어머나.

결혼을 약속한 사람이 있었거든요. 다행이라면 다행이죠. 하기 전에 이별했으니.

감정선을 찾아볼 수 없는, 창백하고 스산한 얼굴이었어. 오래오래 그 얼굴이 기억에 남았어. 당신을 바라보던 눈빛 같은 건 다 잊었는데도.


그걸 다행이라고 말할 수 있나. 인사 없는 작별을

이
재
은

36

자연스럽다고 말할 수 있나.

당신은 여기 있었어.

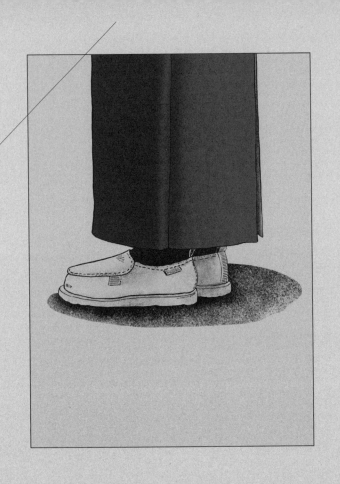

무명의 일

너는 여자, 언니 동생, 친구 같은 딸, 남매 같은 애인, 누구 양, 누구 씨, 누구 님, 이름이다. 시간 속에 있고, 시간을 통과하고 있다.

너는 나의 주인공이다.


너를 무명(無名)이라고 하자.

네게는 남길 이름이 없다. 너는 끝끝내 여기에 살아 있다.

'살고 있다'를 '살아내고 있다'로 쓰는 일이 SNS에서 유행처럼 번진다. 성찰 좋아하시네. 열두 시간 넘게 안팎에서 일하는 택배 노동자와 지붕 있는 곳에서 학생들을 가르치는 선생, 밤늦게까지 개시 손님을 기다리는 자영업자가 모두 이 시절을 '살아내고 있다'고 말할 수 있는가. 전염병의 세계 안에 있다고 해서 전 국민이 서로 닮은 시시포스일 수 있는가.


날마다 술을 마신다. 전에 없던 습관은 아니다. 술과 너는 오랜 세월을 함께했다. 열아홉 살 때부터 혼자 마셨다. 너는 알코올이 몸속을 흐르는 기분을 사랑했고, 짓눌린 정신이 탈출하는 듯한 가벼움을

사랑했다. 뚜껑을 따는 소리, 술을 따르는 소리도
사랑했다.

이곳을 떠날 수 있었다면 이렇게 매일 마시지는
않았을 거야. 그러니 내 잘못은 아니지. 내일은 안
마실 거야. 마시더라도 양을 조금 줄일 거야.

너는 다짐하고, 결심을 어기고, 계획에 실패한다.
통조림을 따고, 맥주와 소주를 섞는다. 한 회로 끝
나는 영화가 아닌 시즌 투, 시즌 스리로 이어지는
드라마를 켜 놓는다. 빈 술병 개수를 모른 채 잠이
들고, 아침에도 창문을 열지 않는다. 이불을 뒤집어
쓰고 할 일을 떠올린다. 해야 할 일을 점검한다. 하
고 싶은 일을 꿈꾼다. '일'이 너무 많다고 자조한다.

일없다.

부질없다.

봄에 너는 청탁서를 받는다.

"한 세기 전쯤 프랑스 작가 카뮈는 전염병을 매
개로 고립된 상황에서의 처절한 인간의 삶을『페스
트』에 담았습니다. 금세기 가장 잔혹한 역사로 기
록될 '코로나19' 팬데믹 정국을 사는 작가분들의

고뇌와 슬픔이 얼마나 클지 짐작하지 못합니다. 우리 사회의 모든 가치 체계를 구성하고 있는 패러다임을 단번에 바꾸어 놓을 이 세기사적인 시간에 작가님들은 어떤 생각을 하고 있는지 궁금합니다. 새로운 시대의 이정표가 될 '비범하고도 날렵한' 작품과 만나고 싶습니다."

원고량 : 200자 원고지 30매 내외 짧은소설 1편

원고마감 : 5월 20일


원고료는 없다.

인세는 책값의 10퍼센트지만 참여 작가들과 1/n로 나눈다. n은 열세 명이므로 정가 13,000원의 책이 한 권 팔릴 경우 너는 100원을 받는다. 100권이 팔린다면 10,000원이 돌아올 것이다. 운이 좋아 500권의 판매고를 올리면 너는 50,000원의 수익이 생긴다.

출판사에서 네게 보낸 건 도서 다섯 권이 전부다. 판매량이 턱없이 낮았고, 그걸 1/n로 나눈 금액도 이체 수수료가 아까울 만큼 적었을 테지.

너는 청탁에 가치를 둔다. 몇 년 만의 부름이었

으므로.

소설은 이렇게 시작한다. 두이와 포는 코끼리는
생각하지 않기로 했다.

소설은 이렇게 끝이 난다. 코끼리는 생각하지 않
아도 되는 봄밤이었다.

코끼리에 관한 소설은 아니다.


간장공장 공장장은 강 공장장이고
된장공장 공장장은 공 공장장이다.


육통통장 적금은
황색적금통장이고
팔통통장 적금통장은
녹색적금통장이다.


잰말 놀이를 삽입했고, 그건 매수를 채우기 위해
서였다. 30매를 쓰기 위해 사십여 일을 얼음판 위에
올라선 사람처럼 굴었다. 어깨를 움츠리고 뒤뚱거
렸다.

이재은

오래전 K선생님은 네 성정을 간파했다.

"글쓰기도 좋지만 일주일에 한 번은 사람을 만나도록 하게. 자네처럼 자폐 성향이 있는 인간은 오랫동안 혼자 있으면 안 돼. 외부와의 연결을 단절시키지 말게."

K선생님의 말씀은 옳았다. 인터뷰어 자격으로 노동자, 정치인, 예술가 들과 마주하면서 너는 조금씩 생기를 얻었다. 살이 닿는 접촉, 스킨십은 아니더라도, 네 앞에서 숨 쉬고, 웃음 짓고, 말소리를 높이고, 눈을 찡긋하거나 덧니를 드러내는 사람을 만나면 힘이 났다.

봄부터 가을까지의 일이다. 겨울에는 무엇이든 끝이 났다.


함부로 끝을 말할 수 없다.


개구리가 나오는 소설을 읽은 적 있습니다, 도통 재미가 없었어요, 제 소설에는 개구릿과 동물이 나오지 않습니다, 그럼 뭐가 나올까요, 쉼표, 흑표, 말줄임표…… 뭐든 써 보자고 마음먹습니다, 막 쓴다는 의미는 아니에요, 최대로 진실할 것, 오늘부터 시작입니다, 바로 지금이요, 개굴개굴개굴, 흑표는 주의를 요하는 위험인물의 주소나 성명 따위를 적은 장부랍니다, 개굴개굴개굴, 아직 마침표는 찍지 않을 거예요

　그러므로 이것은 사랑 이야기다.
　갈망에 대한 이야기고, 갖지 못한 것을 좇는 배고픈 짐승에 관한 이야기다. 살아 있는 자만이 누릴 수 있는 감상을 앞에 두고 너는 눈먼 개를 자처한다. '다른 사람'이 되는 것에 중독된 너는 자기 자신을 잊는다. 무명(無名)을 잊는다.

　너는 때때로 거울을 보며 묻는다.
　대체 뭐가 문제지?

　　K선생님께
　　선생님은 시를 쓰시고, 저도 소설을 붙잡고 있지만,
　　모든 글쓰기는 과거-현재-미래까지 싸잡

아 고독하고,

겹겹이 고단한 일인 것 같아요.

건강하십시오.


글쓰기도 좋지만 일주일에 한 번은 사람을 만나도록 하게. 자네처럼 자폐 성향이 있는 인간은……

경제적으로 독립할 때 비로소 자립할 수 있네. 그 능력이 자네에게 퍽 굳센 기운을 줄 걸세……


너는 인터뷰를 하고 돈을 받는다.

단도직입으로 묻겠습니다. 시 쓰는 일로 먹고살 수 있나요.

원고료로 먹고살 수는 없어요. 시를 써서 생활하는 건 거의 불가능합니다. 소위 메이저라고 하는 잡지에서 주기적으로 청탁이 오는 것도 아니고 온다고 해도 수입에 크게 영향을 주지는 못해요. 어쩌면 가장 좋은 건 취직일지도 몰라요. 전업 작가는 힘들죠.

시인이 웃는다.

근육을 많이 쓰는 웃음. 너는 시인의 밝음이 얼

떨떨하다.

도서관에서 글쓰기 강좌를 맡고 있고, 주말에는 유통업계에서 파트타임으로 일해요. 노동시간에 비해 페이가 높은 건 아니에요. 그래도 벌 수 있어서 감사하죠. 월세나 사료 등 지출되는 돈이 꽤 많으니까요. 희한하게 통장 잔고가 떨어질 때쯤 무슨 일이 생기긴 하더라고요.

운이 좋으시네요.

시인이 미소 짓는다.

너는 모 계간지에서 인천의 예술가들을 소개하는 코너를 맡고 있다. 시인과 너는 몇 번 만난 적 있다. 지역의 작은 책방에서 진행하는 3회차 독서 모임에 함께 참여했다. 한국문화예술위원회에서 지원한 프로그램으로 참여자들은 소정의 사례비를 받았다. 책이 있는 자리면 어디든 좋다는 마음의 소리는 자주 음소거가 된다. 돈 없는 쪽으로는 웬만해선 움직이지 않는다. 그때 받은 돈으로 너는 책방에서 책을 한아름 샀다. 인터넷서점에서는 10퍼센트 할인에 10퍼센트 적립, 통신사와 제휴한 쿠폰까지 쓸 수 있지만 정가를 지불하는 도서 구매로 책방지기에게 감사 표시를 했다.

지면에 사진은 필수다. 사진작가와 너는 파트너다. 그는 인터뷰하는 내내 쉬지 않고 셔터를 누른다. 정작 잡지에 실리는 사진은 서너 컷밖에 안 된다. 하지만 너는 묵묵히 시간을 채우는 그의 방식을 지지한다. 이따금 계간지 편집장이 현장에 온다. 모든 사람은 한 권의 책이라는 인생론을 믿는 분으로, 이야기 듣는 걸 꽤 좋아한다. 올 때마다 비싼 밥과 차를 산다. 사진작가의 정보에 의하면 편집장은 상속받은 유산이 많다. 티는 안 나도 명품을 꽤 많이 걸치고 있다고 했다.

로또 사면 그런 생각하잖아요. 1등 되면 뭐 하지? 초반에는 누구는 얼마 주고 누구는 얼마 주고 하는 식으로 나눌 생각도 했어요. 지금은 아니에요. 혹시 당첨되면 잠수 탈 거예요. 나만 쓰려고요.

시인이 하하, 입을 벌린다.

너는 로또를 사 본 적 없다. 인생 한 방이 없다.

요즘 저의 가장 큰 욕망은 방 두 개짜리 집에 사는 거예요. 거실도 있고요. 침실이랑 서재가 구분됐으면 좋겠어요. 베란다도 있으면 좋고요. 니체 볼 때마다 안쓰러워요. 내 옆에만 붙어 있거든요. 행동반경이 좁으니 살만 찌는 것 같아서 늙은 고양이에게 미안해요.

시인은 인천이 싫었고, 인천을 떠나고 싶었으나 시를 쓰면서 인천이 좋아졌다. 첫 시집을 내고 동료 작가, 특히 시인들에게 위로가 됐다는 피드백을 많이 받았다. 울면서 전화한 사람도 있었다. 앞으로도 인천에서의 삶을 시 속에 담고 싶다.

말하자면 네 고향도 인천이다. 태생과 출신 학교 등으로 진골, 성골을 따지는 사람들 사이에서 넌 '약골'이다. 타 도시 출생, 타 학교 출신이지만 인천에 오래 머물렀다.

사십여 년 전, 네 부모는 낯선 서울에 도착하지만 수도에 정착하지 못하고 인천에 터를 잡는다. 인천과 서울 사이. 1899년 경인선 개통 이래 두 도시는 시나브로 가까워졌지만 심리적 거리는 좁혀지지 않았다. 너와 친구들에게 서울은 멀고 멀다. 친구가 전화기 너머로 어디냐고 묻고 네가 서울이라고 답하면 뭐? 도에서 솔로 음이 튄다. 서울 구경도 하고 좋겠다는 부러움은 반음 아래로 가라앉는다.

어렵다고 하는 사람도 있죠. 모든 독자와 소통할 수는 없잖아요. 독자를 위해 써야 한다는 생각은 하지 않아요. 저만의 작품을 쓰고, 그게 누군가의 마음을 건드린다면 그것만큼 감사한 일은 없겠죠.

돈은 없어도 자신감은 있다. 정규직이 아니어도 자부심은 있다. 잘나가는 예술가가 아니어도 자존심은 있다.

시적인 몸, 시를 받을 몸을 만들어야 해요. '시의 몸'이 없으면 아무리 노력해도 원하는 결과물이 나오지 않아요. 시를 쓰고 싶다거나, 쓰겠다는 의지만으로는 되지 않아요. 일상을 사는 몸과 시적인 몸으로의 전환을 연마해야 합니다.

저만의 비법이요? 그건 비밀이에요.


시인은 유일무이하다.
너는 비법을 캐지 못한다.


벗은 몸이 되기 위해 귀가를 서두른다. 집에 오자마자 가면과 갑옷을 내던진다. 너는 꽤 능숙하게 프리랜서를 가장하지만 혼자가 되면 술부터 찾는다.

고된 하루를 보냈고, 보상이 필요하다. 맥주 한 캔과 소주 한 병을 사서 3대 1로 섞다가 맥주가 떨어지면 소주만 마신다. 집에서는 주위를 두리번거리지 않고 바로 다음 잔을 입안에 부을 수 있다. 눈치 보지 않고 연거푸 위 속에 알코올을 흘려보낼 수 있다. 너는 알딸딸한 상태를 즐긴다.

　한숨으로 실존의 무게를 재지 않는다.

　술잔을 앞에 두면 편하게 사람과 대화할 수 있었다. 명랑해졌고, 좋은 일 있느냐는 질문을 받았다. 공감력, 리액션, 집중력이 평균 이상으로 높아졌다. 맥주 한 캔 정도의 취기를 느끼게 해 주는 신약이 나왔으면 좋겠다고 간절히 바란 적도 있다.

　너의 혼술이 이런 말을 하고 있다는 걸 너는 모른다.


　제발 혼자 있지 않게 해 줘.

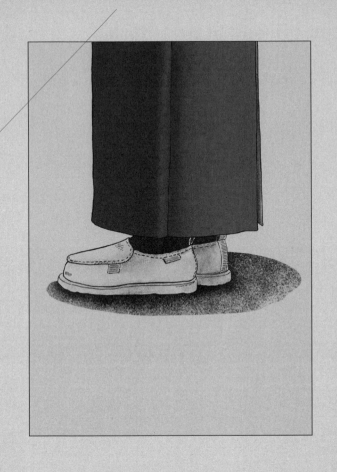

서울은 처음이지?

나는 서울의 골목, 서울의 불빛, 서울의 간판 하나하나를 무심히 지나치지 않으려고 애썼다. 온도와 색감, 빛의 밝기와 어두움이 삼십 년을 산 L시와 어떻게 다른지 느끼고 싶었다.

마음 둘 만한 곳을 발견하려고 촉수를 세웠다. 다행이라고 숨 쉴 수 있는 장면을 찾고 싶었다.

기억하고 싶었다.

세월은 제 속도로 흘렀을 텐데 서울에서의 날들은 빠르게 지나갔다. 재게 걷는 사람들의 표정이 못내 마음에 들지 않았다. 내리깐 눈, 지친 눈, 침묵하는 눈, 예민한 눈 들이 마음에 걸렸다. 발 없는 말, 신 속에 감춘 발톱, 종종걸음의 사위가 두려웠다.

그해 여름, 서울 도심에서 압축천연가스로 운행되던 시내버스가 폭발했다. 내부가 검게 그을리고, 떨어져 나간 의자는 바닥을 뒹굴고, 외벽은 종잇장처럼 찢겨 나갔다. 펑 소리와 함께 유리창이 박살나고 연기가 치솟았다.

십여 명의 승객이 다쳤고 한 젊은 여자는 다리에 중상을 입었다. 하필이면 폭발 지점 가까이에 앉아있었다. 그녀는 대형마트 근로자였다. 매달 백만 원

남짓의 수입을 가족의 생활비로 썼다.

어머니에게는 든든한 딸이었고, 두 동생에게는 믿음직한 가장이었다. 미디어는 그녀를 '효녀'라고 칭했다. 수술이 끝난 뒤 자신의 안위를 묻는 대신 "난 괜찮아요"라고 말한 것을 강조했다. 사회는 여자를 동정했고, 싸구려 감동을 요구하고 있었다.

그날 여자는 반일 근무를 마치고 퇴근했다. 몇 달 만의 휴가였다. 친구와 약속이 있었고, 평소라면 타지 않았을 버스를 탔다. 집과는 반대 방향이었다. 사고 버스는 그해 12월 폐차 예정이었다.

기사들은 한 번 출고된 버스는 폐차할 때까지 가스통을 갈지 않는다고 말했다. 비용 때문이었다. 사고 차량을 몰았던 운전사도 충격을 받았다. 더는 운전대를 잡지 못할 것 같다고 울먹였다. 버스에 탑승했던 승객들도 트라우마에 시달리며 불면증을 겪었다.

9월에는 태풍 곤파스가 서울을 강타했다. 가로수의 가지가 부러지고, 나무가 뿌리째 뽑혀 쓰러졌다. 고속도로 중앙분리대가 엿가락처럼 휘어졌다. 교회 첨탑이 꺾여 건물에 아슬아슬하게 매달리고, 간

이재은

판이 대롱거리는가 하면 행사용 천막이 찢어진 보자기처럼 너덜거렸다. 공사장 외벽이 무너져 지나가는 시민들이 놀라 대피했다.

내가 사는 동네에도 태풍의 흔적이 남았다. 높게 쳐진 담장 밖으로 꽃잎과 나뭇가지 들이 넘어왔다. 이 집 저 집에서 쏟아져 나온 식물의 잔해는 인간을 향한 토악질 같았다. 나는 넘어지지 않으려고 요리조리 피해 걸었고, 한 장단에 두 걸음 까치발을 뗐다. 축축한 낙엽 때문에 중심을 잃고 뒤뚱거렸다.

그즈음 긴 머리를 단발로 잘랐다. 가을에는 목덜미를 드러내도 괜찮을 것 같았다. 성난 비바람 속에서도 사계절은 순환했다.

가을이 왔다. 빌딩 숲에 내걸린 초대형 현수막의 글귀도 계절을 끌어안는 말로 바뀌었다.

**이력서는 칠십오 점이고 자기소개서는 구십 점이네요.**

사장은 경멸하면서, 격려하는 척했다. 지방대를 나와서 인맥이 있겠느냐고 했다. 질문을 혼잣말처럼 했다.

종이컵을 움켜쥐고 있었지만 목을 축이지 못했

다. 꼼짝할 수 없었다.

우리 일은 인맥이 중요해요. 사회에서 먼저 자리 잡은 선배들 말이에요. 괜찮은 일을 하는 사람들이죠. 어울려 지내면 잡지 만들기도 쉽거든요.

나는 힘껏 고개를 끄덕이는 대신 이마를 숙였다. 그의 말이 맞는 것 같았고, 아는 선배가 없어서 부끄러웠다.


L시는 떠나야만 하는 곳이었다.

줄곧 한 동네에서 살았다. 시청과 지하철, 터미널이 있는 곳과는 거리가 먼 빈촌이었다. 부모는 가난했고, 그래서 바빴다. 조부모가 있었지만 할머니는 욕쟁이, 할아버지는 알코올중독자였다.

방은 세 개뿐이었다. 동생들과 한방을 썼다. 엄마는 언제까지 노인네들과 함께 살아야 하는지 모르겠다며 한탄했지만 그들을 내보낼 돈이 없다는 것도 알고 있었다. 내쫓을 명분도 마땅치 않았다.

냉정하게 말해 할아버지는 가족이 아니었다. 할머니가 밖에서 데려온 키 큰 늙은이였다. 할머니의 영향력이 큰 만큼 집안의 위계는 어긋났다. 할아버지와 아빠는 서로를 멸시했다. 내가 아는 어른들은 모두 각자의 자리에서 쉰 목소리로 팔자타령을 했다.

떠나고 싶었다.

서울로 가고 싶었다. 서울은 활기 있고, 건강한 문화가 넘치며, 세련된 도시임에 틀림없었다.

삼천만 원을 모으는 데 십 년이 걸렸다. 스스로 번 돈인 만큼 내 의지대로 쓸 권리가 있었다.

첫 집은 작고 어두웠다. 뒤집힌 디귿 자 모양으로 지층에 똑같은 문이 다섯 개나 있었다. 모은 돈을 전부 주지 않아도 되고 5호선과 2호선을 이용할 수 있었지만 내키지 않았다.

서울은 처음이지? 이 정도면 시작하기에 딱이에요.

중개인이 말했다. 지하 감옥이나 방공호 같았다. 수십 번 전철을 탔고 한 번은 서대문에서, 한 번은 종로에서 내렸다. 경차는 언덕배기를 따라 큰길을 오르다가 철문에 가로막혀 우회전했다. 막다른 골목이었다.

요 동네에서 이 가격에 이런 집을 얻기는 로또

당첨만큼 어려워요.

중개인은 어떤 집에 사는지보다 어떤 동네에 사느냐가 더 중요한데 집은 이래도 동네가 부촌이라 안전할 거라고 했다. 큰길가의 주택은 담장 너머로 꽃이 피고 집집마다 차고를 품고 있었다.

막다른 골목 안에 오밀조밀 모여 있는 다세대 빌라는 장성을 쌓기 위해 몰려든 노동자들의 숙소 같았다. 방은 길쭉했고 창문 밖은 바람벽이었다. 화장실만은 환했다. 방과 부엌이 분리된 것이 특히 마음에 들었다.

이 년 동안 가격을 올리지 않는 조건으로 주인 여자는 집과 관련된 어떤 것도 묻지 말라고 했다. 계약서에는 남편 전화번호를 적었다. 벽지에서 곰팡내가 났고 자주 변기가 막혔다.

겨울이 돼서야 집 안에 난방 스위치가 없다는 것을 알았다. 장판 밑과 찬장 하나하나를 모두 열어젖힌 후에야 현관 밖 보일러실이 떠올랐다. 더운물을 쓰려면 옷을 챙겨 입고 문밖으로 나가야 했다.

빨래는 방 안에 널었다. 화장실은 탈수기를 들여놓을 수 없을 만큼 좁았다. 기계로 짜지 못한 옷은 오래 젖어 있었다. 가끔 골목에 건조대를 펼치기도 했지만 비를 맞으면 전부 다시 빨아야 했다. 안에서 천천히 말리는 편이 나았다.

가난은 매일을 살게 하지 않고 버티게 했다. 라면 반 개에 즉석밥을 넣고 달걀 두 개를 풀었다. 카레 가루를 잔뜩 넣었다. 서울에는 아는 사람이 없었다.

가끔 K가 찾아오면 술집에서 술을 마셨지만 옆에 누가 있을 때뿐이었다. 혼자 있을 때는 자신을 아끼지 않았다. 조금도 나를 챙기지 못했다. 싼 것만 골랐다. 천 원짜리 김밥을 샀고, 믹스커피만 마셨다. 과일도 먹지 않았고 냉동실에는 아이스크림도 없었다.

티 내지 않고 가난을 견디는 일에 점점 무력해졌다. 날이 갈수록 잔고가 줄었다. 더 아껴야 했다. 도서관에 가서 닥치는 대로 책을 읽었다. 소설도 읽고 자기계발서도 읽었다. 종로도서관에는 카레밥과 짜장밥밖에 없었다. 밥은 가끔 사 먹었지만 커피는 자판기 대신 집에서 가져간 믹스커피를 타 먹었다. 음료수는 백 원 더 싼 걸 찾았다.

취향은 금세 포기되었다. 사이다와 마운틴듀는 가격이 달랐고, 나는 마운틴듀의 향을 잊어버렸다. 선호는 아무것도 아니었다. 소중하게 간직하고 챙길 시간이 없었다.

라면을 끓일 때, 사물이 눈에 익을 정도의 밝기만 유지되면 불을 켜지 않았다. 방문 사이로 불빛이 새어 나왔다. 다 끓인 라면죽을 방으로 가져와 먹는데 냄비 위에 검고 작은 덩어리가 떠 있었다. 수프가 뭉친 거라고 생각했다. 벌써 몇 젓가락 삼킨 뒤였다. 카레 가루를 듬뿍 친 국물은 탁하고 샛노랬다. 전등을 켜고 보니 검은 덩어리는 수프가 아니었다. 국물에 익사한 개미였다. 반만 먹고 남겨 놓은 수프에 개미가 기어들어 간 거였다. 한참 냄비속을 들여다봤다. 바로 버리지 못했다. 즉석밥도, 달걀도, 카레 가루도 아까웠다. 몇 달 만에 한없이 추레해졌다.

가난은 점점 더 몸과 정신에 새겨졌다. 짧은 시간에 배우고 익힐 수 있는 것은 아니었다. 전작은 어린 시절이었다. 가족 중에 전략가는 없었고, 누구도 세상 이치에 밝지 않았다. 다음 세대가 살아갈

이
재
은

방법을 알려 줄 사람도, 더 나은 대안을 마련해 줄 경제력도 없었다. 십 대의 나에게 미래가 있었다면 일 년짜리 티켓 정도가 되었을까. 그 이상의 시간은 예측할 수 없었다.

돈은 지위가 높았다. 무엇보다 먼저 생각해야 했고, 다른 것보다 우선시됐다. 돈이 있었다면 쉽게 할 수 있었을 일을 오래 헤맸다. 몇 배의 정신력과 에너지를 쏟았다. 그러면서도 시간에 쫓기고 수준을 걱정했다.

인간관계에 드는 비용을 계산해야 했고, 소수와만 어울렸다. 관계의 비용을 지불해도 아깝지 않은 사람과만 만났다. 최고의 친구에게 밥과 차를 샀다. 합당하지 않았다. 계산적인 일이었고, 어쩔 수 없는 일이기도 했다.


일요일 오후, 광화문 광장이 내려다보이는 카페에서 차를 마셨다. 통유리 안팎으로 잘 차려입은 사람들뿐이었다. 테이블 위에 노트북을 펴 놓고 있는 사람들이 바다 건너 뉴요커들만큼이나 이질적으로 느껴졌다.

나는 왜 이들과 다른가. 얼마나 다른가. 내 삶이 달라지지 않을까 봐, 앞으로도 달라질 수 없을까 봐 가슴이 답답했다.

창밖으로 글귀 하나가 보였다. 눈송이처럼 너에게 가고 싶다 머뭇거리지 말고 서성대지 말고. 현수막에 매달려 발기발기 찢어 버리고 싶었다. 노동하지 않았는데도 살이 뻐개지는 듯한 날이 많았다. 천근만근 잠이 쏟아졌다. 아침에는 두 눈이 퉁퉁 부었다. 보통과 멀어지고, 멀어지는 만큼 동굴 세계로 가라앉는 것 같았다.

서울은 처음이었다. 태생, 뿌리, 환경, 성격 때문인지도 몰랐다. 남들이 평범하게 하는 일을 그만큼 해내지 못했다. 공원 잔디밭에 앉아 집에서 싸 온 도시락을 먹는다든지, 애인과 앞뒤로 앉아 자전거 페달을 밟는다든지, 같은 재킷 같은 모자를 걸친다든지. 사랑하는 일에 눈치를 봤다.

잠이 오지 않는 밤이면 편의점에 갔다. 밤마다 술을 마셨다. 맥주와 소주를 섞어 마시다가 돈을 아끼려고 소주만 샀다. 보리차에 소주를 부었다. 몇십 번의 밤이 지나자 한낮에도 술 생각이 났다. 점심을 거른 채 맥주를 마시고 마른 식빵을 씹었다. 빨리 취하고 싶어서 도수가 높은 술을 구했다. 싸구려 보드카에 사이다를 탔다.

끊임없이 이력서와 자기소개서를 보냈지만 전화벨은 울리지 않았다. 할 일이 없었고, 무료함을 견딜 수 없었다. L시에서는 하루하루 바쁘게 살았다. 돈을 모아야 한다는 목표가 있었고, 대도시로 가고 싶었다.

하지만 서울은 이력서에 점수를 매기는 곳이었다. **칠십오 점의 이력서는 번번이 퇴짜를 맞았고, 백점 아닌 자기소개서는 누구도 감동시키지 못했다.**

대개 정오가 다 돼서 일어났지만 이따금 초저녁에 잠이 들었고, 아침에 눈이 떠지면 여덟 시든 아홉 시든 술을 사러 나갔다. 냉장고는 내 키보다 컸지만 술병은 아래쪽에 있었다. 한 병을 겨드랑이 사이에 끼고 또 다른 병을 꺼냈다.

이런 걸로 단골인 나를 무시해? 이 새끼 센스가 없네. 사장 어딨어?

사내의 외침은 카운터 쪽에서 들려왔다. 내 문제가 아니었으므로 스낵 코너로 갔다.

손님이 변상하지 않으면 제가 해야 한다니까요. 빨리 주세요, 돈.

알바생이 말했다.

뭐? 이 새끼가 보자 보자 하니까. 알바 새끼가 어디서 깝쳐.

새우깡을 집어 들고 계산대 앞에 섰다. 한쪽이 완전히 찌그러진 캔 음료가 카운터에 놓여 있었다. 알바생은 내게 잠시만 기다려 달라고 했다.

씨발. 사내가 카드를 꺼내 알바생에게 던졌다.

천삼백 원입니다.

결제를 마친 알바생이 두 손으로 카드를 건넸다.

사내는 나가면서도 욕을 했다. 알바 주제에 지랄하고 있네. 알바생은 내 또래로 보였다. 기다리게 해서 죄송하다고 했다.

그날은 단 일 분도 깨어 있지 못했다. 종일 취해 있었고, 시공간을 비틀며 해롱댔다. 네 삶의 주제는 뭔데? 네 주제가 뭔데? 환청에 시달렸다.

동생에게 도움을 청했다. 1톤 트럭을 빌렸고, 많지 않은 짐을 옮겼다.

L시로 돌아왔다. 고향은 수시로 가로등이 꺼지

는 곳이었고, 뺑소니에 치인 고라니의 절뚝이는 다리 같은 곳이었다. 뿌리쳐도 놔주지 않는 뻔뻔한 부랑자의 그림자가 드리워져 있었다.

집에 들어가기 싫어서 고시원에 방을 얻었다. 12층이었고, 창이 있었다. 전기를 동력으로 달리는 차량이 궤도를 오가는 소리가 들렸다.

방은 무덤보다 컸다. 술은 입에 대지 않았다. 자고 자고 또 잤다.

어느 날 잠에서 깨어났을 때, 나는 한 마리 벌레가 되어 있었다.

변신의 꿈이 이루어졌다.

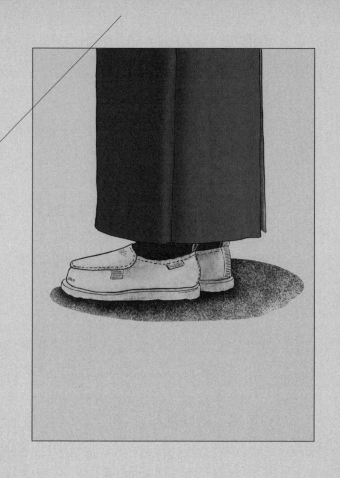

코로나, 봄, 일시정지

두이와 포는 코끼리는 생각하지 않기로 했다. 그들은 종종 코끼리가 냉장고에 들어가는 게 취직보다 쉽겠다고 자조했고 그 때문에 많이 낙심했었다. 겨울에는 모집 공고가 적어 봄을 기다렸는데 코로나 바이러스로 분위기가 점점 심각해지더니 사회의 풍경이 바뀌어 버렸다. 취직보다 생명을 지키는 일이 먼저였다.

그들은 자기소개서를 쓰는 대신 잰말 놀이를 즐겼다.

들의 콩깍지는 깐 콩깍지인가 안 깐 콩깍지인가. 깐 콩깍지면 어떻고 안 깐 콩깍지면 어떠냐. 깐 콩깍지나 안 깐 콩깍지나 콩깍지는 다 콩깍지인데.

실수한 사람이 밥을 하고, 설거지를 하고, 빨래를 널었다. 빠르고 정확하게 해낸 사람에게 넷플릭스 신작 선택권이 주어졌다. 어제 포는 '내가 그린 기린 그림은 잘 그린 기린 그림이고 네가 그린 기린 그림은 잘못 그린 기린 그림이다'에 이어 '작년에 온 솥장수는 새 솥장수, 금년에 온 솥장수는 헌 솥장수'에서도 발음이 꼬이는 바람에 하루 종일 입이 나와 있었다.

나가 버릴까,

라고 했는데 두이는 말리지 않았다.

마스크 쓰고 나가.

공적 마스크를 사려면 마스크를 쓰고 외출해야
했기 때문에 집에는 마스크가 넉넉하지 못했다. 아
껴야 했다.

포는 일인용 소파에, 두이는 맞은편 책상 앞에
있었다. 좁은 공간 탓에 거리 두기가 쉽지 않았다.

내가 어릴 때 어떤 아이였는지 얘기했었나?

그랬었나?

들어 볼래?

그래 보자.

포는 두이가 키보드에서 손을 떼는 걸 바라보았
다. 지금은 글렀다고 하면서도 틈만 나면 자기소개
서를 다시 쓰곤 한다는 걸 포는 알고 있었다. 두이
는 성공만 나열하는 '스펙 6종 세트'보다 도전과 경
험을 길게 적는 것이 합격에 유리할 거라고 했다. 그
는 마이클 조던의 '실패(Failure)' 광고에 나온 문구
를 어디에나 인용했다. "농구 선수로서 나는 9,000
개 이상의 슛을 실패했고, 거의 300회의 게임에서

패배했다. 나는 실패를 거듭한 삶을 살았다. 그것이 내가 성공할 수 있었던 이유다."

나는 말을 잘하는 아이였어.

포가 말했다.

두이는 믿기지 않는다는 얼굴이었다.

포는 스무 살 때 입시 실패, 어머니의 사망, 교통사고를 한꺼번에 겪고 잠시 실어증을 경험했다.

일곱 살 때였는데 집에 막내 이모가 놀러 왔어. 나는 안녕하세요, 가 아닌 그동안 무탈하셨어요, 이모? 저는 잘 지냈어요, 라고 했지. 막내 이모는 나를 내려다보더니 쪼그만 게 어른 말을 흉내 낸다며 앙큼하다고 했어. 징그럽다고 덧붙였던 것도 같아. 그때 할머니가 이렇게 말씀하셨어.

코 묻은 말이라고 허투루 듣지 마라. 어린애다운 게 따로 있는 게 아니야. 선한 생각에서 나온 말이면 다 통하는 거다.

코 묻은 말? 그런 말도 있어?

두이가 끼어들었다. 포는 집게손가락을 세워 잠깐 기다리라는 신호를 보냈다.

전화도 뜸하고, 집엔 오지도 않고, 안 그래도 너

어떻게 지냈는지 엄마도 궁금했었다. 노력도 좋고 꿈도 좋지만 가끔 바람도 쐬고 하늘도 올려다보고 그래야지. 무슨 일 있는 거 아니지? 밥은 챙겨 먹고 다니니?

할머니의 말에 막내 이모가 펑펑 울기 시작했어. 식탁에는 당근이니 오이니 파프리카 같은 게 길쭉하게 썰어져 있고 간 고기와 땅콩소스, 겨자소스가 짭짤하고 고소한 냄새를 풍기고 있었어. 막내 이모의 울음소리는 그치지 않았어. 이모는 그때 서울에서 혼자 살았는데 준비하던 시험에 연거푸 실패하면서 지쳐 있었던 모양이야. 나는 무탈하느냐는 말을 어른의 대화 속에서 주워듣고 적절한 순간에 툭 내뱉을 정도로 똑똑했지만 성인의 세계를 이해할 만큼 조숙하지는 않았어. 울고 있는 막내 이모를 나 몰라라 하고,

할머니 이거 뭐예요? 홍당무예요? 뭐에 싸 먹는 거예요? 매운 거예요?

배고파요, 밥 주세요, 물 주세요,

성가시게 굴었지. 나 때문에 할머니가 분주해졌고 그 바람에 막내 이모도 밥을 먹게 됐어. 월남쌈

페이퍼를 따뜻한 물에 살짝 적셨다가 각종 채소와 고기를 넣고 돌돌 말아 소스를 찍으면 입을 크게 벌릴 수밖에 없었어. 조금씩 명랑해졌지. 나는 할머니가 싸 준 쌈을 입에 욱여넣다가 채소를 흘리고 소스를 옷에 묻혔을 거야.

어떤 뇌의 작용으로 그날 저녁이 이토록 또렷하게 기억나는지, 그 일이 왜 지금 떠오른 건지 모르겠어.

두이는 검지로 콧방울을 톡톡 쳤다.

코 묻은 말이라니, 정말 재미있는 표현인걸.

응.

준말 만들어도 돼?

코말이야?

코말, 알약 이름 같지 않아?

고양이 울음소리가 들렸다. 요즈음엔 어느 집에서나 고양이를 키우는 것 같았다. 길냥이인지도 몰랐다. 포와 두이는 고양이를 싫어했다. 강아지도 마찬가지였다. 반려동물을 들이게 되면 세상에서 제일 못생긴 거북이를 기르고 싶다고 두이는 말했었다.

아버지한테 연락해 봤어?

포가 빨래를 걷으며 물었다.

다섯 걸음 떨어졌을 뿐인데 먼 데를 향해 소리 지른 것 같아서 조금 민망했다.

아니.

해 보지.

뭐 하러.

그래도.

포는 두이에게 종종 가족의 안부를 물었다. 두이는 무소식이 희소식이라는 빤한 말로 어물거리지 않고

아버지도 나도 일시정지 중이니까,

라고 변명했다.

두이는 지난여름에 커밍아웃했고, 집을 나왔다. 일시정지가 너무 오래 지속되고 있었다. 포의 충고와 권유, 격려와 부탁에도 두이는 재생 버튼을 누르지 않았다.

포는 두 팔 가득 빨래를 안고 거실로 돌아왔다.

그렇게 어색하면 여보세요, 말고 '땅바닥 다진 닭발바닥 발자국 땅바닥 다진 말발바닥 발자국'을 중

이재은

얼거려 보면 어때? 이런 시국이니까 이해해 주시지
않을까?

사투리 때문에 못하실 거야.

두이는 큭큭거렸다.

아버지랑 너는 다르구나.

두이는 잠시 생각에 잠겼다.

코말이랑 잰말은 기대하면 안 되지.

그래.

포는 빨래를 개키기 시작했다. 양말을 평평하게
편 뒤 돌돌 말아 공처럼 만들었다. 수건은 세로로
반을 접은 뒤 너비를 줄이고 두께를 늘렸다.

컴퓨터 앞으로 돌아가려는 두이에게,

맥주 마실까?

포가 제안했다.

두이는 핸드폰을 손에 쥐었다. 포도 손에서 수건
을 내려놓고 핸드폰을 찾았다.

작은 토끼 토끼통 옆에는 큰 토끼 토끼통이 있고
큰 토끼 토끼통 옆에는 작은 토끼 토끼통이 있다.

작은 토끼 토끼통 옆에는 큰 토끼 토끼통이 있고
큰 토끼 토끼통 옆에는 작은 토끼 토끼통이 있다.

두이가 한 걸 포가 따라 했다.

도토리가 문을 도로록, 드르륵, 두루룩 열었는가 도루룩, 도록, 두르룩 열었는가.

이번엔 포가 먼저였다.

도토리가 문을 도로록, 드르륵, 두루룩 열었는가 도로록,

땡.

포가 외쳤다.

갔다 올게.

두이가 일어서서 지갑과 마스크를 챙겼다.

빅 웨이브.

오케이, 빅 웨이브.

포는 반듯하게 접은 옷을 서랍에 넣고 이모에게 메시지를 보냈다.

P는 확진자가 점점 는다는데 괜찮아, 이모?

방과후 교사로 일하는 이모는 개학이 연기되는 통에 실업자나 다름없이 지내고 있었다. 정부에서 재난 지원금을 주지 않으면 굶어 죽을지도 모른다며 너 아사라고 들어 봤어? 굶어 죽는다는 말이야, 이모가 그렇게 될지도 몰라.

깔깔 웃었다.

아샤. 이모랑 상관없이 예쁜 단어라고 생각했다.

작별 인사는 하고 죽을게.

그 말만 있었으면 걱정했을 텐데 연이어 하트 뿅뿅 이모티콘이 도착해서 안심했다.

포는 키패드에 열한 자리 숫자를 누르고 신호가 가기를 기다렸다. 얼른 심호흡을 했다. 잠시 후 괴괴한 저음의 남자 목소리가 들렸다. 두이에게 농담했던 것처럼 잰말이 튀어나오지는 않았다.

두이는 무탈합니다.

포가 정중하게 두이의 상태를 전했다.

저희는 괜찮으니까 아저씨도 건강하세요.

두이의 아버지는 누구냐고 묻지 않았다.

자네……

그러곤 말을 잇지 않았다.

소리 죽여 흐느끼는 소리가 들리는 것 같아서 귀에서 전화기를 뗐다. 통화 시간이 더해지는 걸 지켜보다가 가만히 종료 버튼을 눌렀다.

포는 잰말 놀이 창을 열었다.

봄 꿀밤 단 꿀밤 가을 꿀밤 안 단 꿀밤.

봄 꿀밤 단 꿀밤 가을 꿀밤 안 단 꿀밤.

두이가 돌아오면 그들은 '지금 뜨는 콘텐츠'의 새로운 에피소드를 구경하면서 나란히 심각해지거나 얼굴이 맹구가 되도록 마주 보고 웃을 것이다. 코끼리는 생각하지 않아도 되는 봄밤이었다.

이
재
은

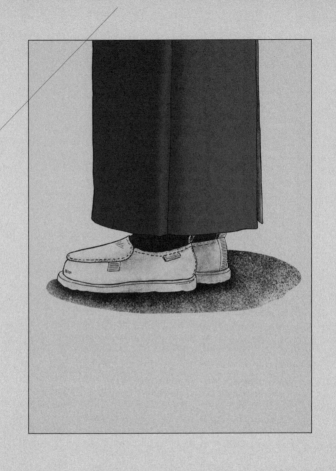

1인가구 특별동거법

친구라고 여겼던 이들과도 하나둘씩 멀어지고 여자 주변에는 이제 일로 만나는 사람뿐이다. 안녕하세요, 로 시작해서 감사합니다, 로 끝나는 메일과 메시지를 주고받는 관계들. 편한 말로 전하는 다정한 인사는 없다. 어떤 드라마가 흥미롭다거나 신선한 음식을 먹을 때 생각나는 사람도. 여자는 SNS도 하지 않는다.

뉴스 봤지? 거기 정리하고 내려올래? 아니면 엄마가 올라가? 여자는 엄마의 진의를 파악하지 못한다. 모르는 사람을 집에 들이는 것보다 가족이랑 사는 게 낫지. 안 그래? 이제 알겠다. 엄마는 딸을 걱정해서 그런 말을 하는 게 아니다. 엄마는 '내 집'을 신경 쓰고 있다. 은영빌라 301호는 엄마 명의다. 재개발 소문을 듣고 몇 년 전에 구입했다. 수제화를 파는 남자와 살겠다며 강원도로 내려갈 때 엄마는 여자에게 그 집을 맡겼다. 아빠의 죽음 뒤에 만난 세 번째 남자였다. 키가 크고 머리숱이 적은, 엄마보다 열 살은 많아 보이는 노인. 엄마 인생에 여자의 조언은 필요하지 않다.

뭘 말하는지 알겠는데 엄마랑 나는 해당 안 돼.

엄마는 집이 있지만 육십 세가 넘고, 나는 집이 없잖아. 여자가 엄마의 오해를 바로잡는다. 1인가구 특별동거법은 '수도권에 사는' '60세 이하 성인' 중 '주택을 자가 소유'한 '1인가구'만 해당된다.

너 집 있어. 그 집, 네 거야. 여자는 방금 들은 말의 의미를 되짚는다. 네 명의로 돼 있다고. 엄마가 다시 설명한다. 왜? 언제? 얼마 안 됐어. 여자는 고민에 빠진다. 나 죽으면 혼자 어떻게 살래? 집이라도 하나 있어야 할 거 아니야. 길바닥에 나앉을 거야? 너 하는 일, 돈도 안 되잖아.

엄마를 사려 깊고 이치에 밝은 사람이라고 말할수 있을까. 혼자, 길바닥, 하는 일, 돈. 엄마 입에서 나온 말들이 단단하고 뾰족하게 여자에게 닿는다.

아. 탄식인지 절규인지 감탄사인지 모를 말이 여자의 입술에서 흘러나온다. 그러니까 왜 그 나이까지 시집도 안 가고. 엄마 죽기 전에는 갈 거야? 남자 데려올 거야? 더는 듣고 싶지 않다. 어떤 상처를 주고받을지 모른다. 여긴 내가 알아서 할게. 여자는 단호하게 말한다. 전화기를 귀에서 떼려는데 엄마가 목소리를 높인다.

이재은

잘 생각해. 이유 없이 동거인을 세 번 거부하면 감옥 간댄다. 여자는 액정을 볼에 갖다 댄다. 뭐? 집사님들이 그러던데? 성의 없이 싫다고 거부하면 안 된대. 거절할 때는 이유를 자세히 써서 제출해야 된대. 그래야 또 기회를 준대. 너 글 쓰는 거 좋아하니까 그건 다행이네. 여자의 입이 더 크게 벌어진다.

법이 적용되지도 않는 지역에서 떠도는 소문이라니. 진실이 왜곡된 상황에서 '너의 글쓰기'가 유리하다고 말하는 엄마도 우습다. 여자는 한숨을 삼키고, 미간을 찌푸리며 통화 종료 버튼을 누른다.

동창들은 모두 결혼했다. 대부분 이십 대에 짝을 찾았고, 삼십 대에 두셋씩 자식을 두었다. 아이들이 중고생이 되자 하나둘 직장을 구하더니 계약직이든 뭐든 할 일을 찾았다. 자식을 다 키웠다는 보람에 노동자의 프라이드까지 갖춘 그들은 자신감이 넘쳐 보였다.

아들딸을 돌보느라 정신없었을 때 그들은 여자를 부러워했다. 잔소리하는 남편도, 징징대는 애들도 없으니 사는 게 얼마나 편하겠니. 넌 절대로 결혼하지 마라. '절대'라는 부사를 붙여 명령처럼 부탁하기도 했다. 여자와 여자의 친구들이 서른다섯을 지나자 친구들은 여자를 다르게 보기 시작했다. 애인은 왜 없느냐고 간섭했다. 결혼은 안 해도 연애는 해야 하지 않느냐고 충고했다. 비아냥은 아니지만 일말의 무시가 깔려 있는 것 같았다. 여자는 자신의 부모나 그들의 부모 중 한쪽이 죽었을 때만 동창들을 만났다.

여자는 소리 내서 기사를 읽는다.

이겸주 함께가는국민당 의원이 작금의 주택 대란으로 수도권에 안전한 거주지를 얻기 힘든 서민들을 위한 '1인가구 특별동거법(부동산대책 특별법률 개정안)'을 발의했다. 이 의원은 "지난 10년간 정부가 공공임대주택은 물론 도심의 빈 상가나 오피스텔, 호텔 등 상업용 건물까지 매입해 공급을 위해 애썼지만 주택 대란을 잡을 수 없었다"고 발의 배경을 밝혔다.

1인가구 특별동거법이 시행되면 18평(59㎡) 이상의 주거지에 거주하는 수도권 내 성인은 동일 성별의 동거인을 들이게 된다. 가구수 변동에 따른 인테리어 및 시세를 반영한 월세의 반은 정부가 지원한

이재은

다. 이 의원은 "소유자의 권리나 행복권을 침해하는 것이 아니"라며 "집주인과 세입자 간의 새로운 관계를 통해 국민의 안전과 생명을 지킬 것"이라고 강조했다.

여자는 스크롤을 내린다. 모텔 개조도 모자라 동거가 웬 말, 한심 그 자체. 법으로 공간과 자유를 침해하려 들다니. 집주인이나 세입자 중 한 사람이 전과범이거나 폭력 성향이면 어쩔? 진심 대한민국 망해라. 부정적인 댓글뿐이었다.

*

6개월 후 1인가구 특별동거법안이 국회에서 통과된다.

*

웹사이트에 정보를 입력하라는 메시지가 온다. 여자는 이름, 연락처, 주소 등의 기본정보와 주거환경 및 거주 방법 등을 채워 넣는다. 선택 항목인 자기소개는 빈칸으로 둔다.

**반려동물 허용 여부** : 미정

**실내흡연 가능 여부** : 불가

**실평수 및 구조** : 18평(방2, 거실1, 화장실1)

**거주지 소개 및 공유 방법(300자 내외로 적어 주세요)** : 정사각형에 가깝습니다. 문을 열고 들어가면 우측(동남향)에 안방과 작은방이 있고, 중앙이 부엌 겸 거실입니다. 좌측(서향)에 욕실 겸 화장실이 있는데 폭이 좁고 길어요. 욕조는 없습니다. 변기에 앉으면 쪽창 너머로 해 지는 풍경을 볼 수 있습니다. 동거인이 안쪽 방을 썼으면 합니다. 저는 베란다와 연결돼 있는 방을 사용하겠습니다. 부엌 겸 거실은 공동으로 사용하면 되겠죠. 에어컨이 하나밖에 없는데 동거인이 정해지면 추가 설치에 대해 의논하고 싶습니다. 월세는 20만 원이고 보증금은 정부 책정 금액에 맞추겠습니다.

**주변 환경(500자 내외로 적어 주세요)** : 주택 단지입니다. 있을 건 다 있습니다(편의점, 약국, 철물점, 미용실 등). 지하철역은 마을버스(두 대가 다님)로 십 분 거리에 있습니다. 오십구만 평 규모의 해넘이 공원은 경보로 약 20분, 보통 걸음으로 30분이면

이
재
은

갑니다. 공원을 한 바퀴 도는 데는 두 시간 정도 걸립니다. 입장료는 없습니다. 가는 길에는 근래 보기 드문 육교가 있습니다. 계단과 슬로프, 두 가지 형태로 오르내릴 수 있으며 공원 방향 오른쪽에 보이는 건물이 구립도서관입니다. 다시 집 주변으로 돌아오겠습니다. 버스 정류장 근처에는 가을부터 봄까지 붕어빵과 국화빵을 굽는 다마스가 정차합니다. 추석 즈음부터 벚꽃 피기 전까지 머물렀던 것으로 기억합니다. 식자재마트 앞 횡단보도 모퉁이에는 쌀과 옥수수를 튀겨 파는 뻥튀기 아저씨가 계십니다. 이분은 청색 1톤 트럭을 몰고 옵니다. 프랜차이즈 카페는 없고 골목마다 하나씩 작은 카페가 있습니다. 제가 좋아하는 곳은 '단, 초콜릿'입니다.

*

이다 씨는 약속 시간이 지났는데도 나타나지 않는다. 여자는 팔짱을 낀 채 창밖을 내다보고 있다. 입구에 앉은 탓에 사람들이 문을 열고 닫을 때마다 한기를 느낀다. 누군가 종종걸음으로 걸어온다. 할리우드 배우 맥컬리 컬킨의 어린 시절을 닮은 얼

굴이다. 볼이 핼쑥하게 파인 놀란 표정의 이모티
콘 같기도 하다. 웨이브 없이 칼같이 떨어지는 커
트 머리에 코끼리 귀처럼 펄럭이는 청바지를 입고
있다. 여자는 그녀가 이다 씨일 거라고 확신한다.
여자는 배를 갈아 만든 음료를 바닥까지 비운다.
긴장하면 성난 사람처럼 표정이 굳는다. 아에이오
우, 입을 움직여 본다. 무슨 말부터 해야 할까? 날
씨 언급이 좋을까?

근무 마치고 나오는데 사장님이 말을 걸어서,
약속이 있다고 했는데도 놔주질 않아서 늦었어
요. 죄송합니다.

이다 씨가 사과한다. 잠시 사라지더니 펄럭펄럭
돌아와 주문한 음료를 앞에 두고 앉는다.

제가 두 번 취소당했거든요.

이다 씨가 투박하지만 예의 바른 음성으로 말
한다.

네?

여자는 어리둥절하다.

첫 번째도, 두 번째도 주인이 신청을 취소해 달
라고 부탁했어요. 동거인은 매칭될 때까지 횟수에

상관없이 신청할 수 있지만 집주인은 세 번 이상 거절하면 안 된다고요. 그러니까 제 쪽에서 마음에 들지 않는 걸로 해 달라고.

이다 씨는 손등을 덮고 있는 니트 카디건을 매만진다. 군데군데 보풀이 덩어리져 있다. 확인되지 않은 정보. 근거 없는 소문. 엄마가 언급했던 감옥. 여자는 기역과 이응을 초성으로 가진 단어들을 떠올려 본다. 불면이 심해지면 초성 게임을 하면서 밤을 보냈다. 열 개를 만들면 다른 자음으로 넘어가는데 그 패턴이 반복돼 열 번, 스무 번 게임이 끝나지 않을 때도 있었다.

그거 아니잖아요.

여자가 부드럽게 따지고 든다.

집주인이 세 번 거절하면 감옥 간다는 거 사실 아니잖아요.

이다 씨는 여자를 쳐다본다. 눈도 입만큼 말한다는 일본 속담이 이 순간에도 적용된다면 이다 씨의 눈은 지금 두렵다. 미심쩍은 심경을 감추고 있다.

여자는 이다 씨를 면접 보듯 내려다보고 있는 건 아닌지 걱정한다. 대개의 면접은 소개팅과 같아서 능력보다 외모와 호감이 좌우한다는 말은 어디에서 들었더라.

첫 직장에 다닐 때, 여자는 길에서 만난 여자애를 집에 데리고 온 적이 있다. 회식이 끝난 뒤였나, 택시를 잡으려고 서 있는데 누군가 쭈뼛쭈뼛 다가왔다. 언니, 라고 여자를 부르더니 하루만 재워 주면 안 되겠냐고 했다. 술을 마셨을 거라고 짐작했지만 여자도 그런 터라 얼마나 취했는지는 알 수 없었다. 나쁜 애 같지 않다고 생각했다. 타고난 외모가 호감형이었다고 할까. 무슨 사연이 있겠지 싶었고, 어떤 마음이었는지 여자는 알았다고 했다. 택시 뒷좌석에 그녀를 태웠다. 부모님에게는 회사 후배라고 말하고 편한 옷으로 갈아입게 한 다음 침대에서 재웠다. 여자는 바닥에서 잤다. 아침에 깨보니 여자애는 가고 없었고, 침대는 가지런히 정리돼 있었다.

다시 만났다고 해도 여자는 그녀의 얼굴을 기억하지 못했을 것이다. 밤의 첫인상에는 오류가 섞이기 쉽고 방에서의 마주침은 짧았으니까.

여자는 그 일을 자기만족의 최대 선의로 기억하

고 있다. 그 후에도 소소하게 베풀면서 살았지만 그토록 선명하고 명확한(어떤 것도 묻지 않고 따뜻하게 재워 준) 일은 처음이자 마지막이었다.

자신이 참을 수 없이 싫어질 때마다 여자는 그때를 떠올렸다. 너는 누구니? 너는 어떤 사람이니? 묻지 않고 잠자리를 내줬던 그때.

지금은 어디 사세요?

여자가 묻는다.

고시원에 있어요. 가장 저렴한 방이 28만 원인데 학자금 대출도 있고 아무리 일을 해도 빚이 줄지 않아서요. 이번에 생긴 법으로 20만 원짜리 방을 얻으면 제가 10만 원만 내도 되니까 저한텐 좋죠.

무섭지 않아요? 작은 방에서 지내는 거. 옆방에서 들리는 소리를 가만 참아야 하는 거, 외롭지 않아요? 여자는 말하지 않고, 입꼬리를 늘이며 웃는다.

대학 합격과 동시에 객지 생활을 시작했어요. 두 번 휴학하고 졸업하기까지 6년 동안 아홉 번 이사했어요. 학교 근처는 엄두도 못 내고 서울 근교에 방을 얻었죠. 처음 살았던 데는 창고를 개조한 곳이라서 천장이 낮았어요. 상체를 숙이고 살아야 했죠.

누워서만 허리를 펼 수 있는 거예요. 좌식 생활에 적응할 만하니까 주인이 나가라고 하더라고요. 5만 원을 더 내고 들어온다는 사람이 있다면서요. 동네의 다른 집은 쥐가 많았어요. 천장에 구멍이 뚫려 언제 쥐들이 쏟아질지 모른다는 불안이 심했죠. 처음 집도 그렇고 그 정도로 싼 집은 찾을 수 없었는데 쥐의 공포를 이길 수는 없더라고요.

그다음에 이사 간 반지하는 바퀴벌레 때문에 힘들었어요. 잡아도 잡아도 끝이 없더라고요. 옷과 책, 가구에 피는 곰팡이도 괴로웠고요. 1층 같은 반지하라는 부동산 아저씨의 소개로 얻은 집은 방에 해가 들지 않았지만 여느 반지하처럼 습하진 않았어요. 입식 부엌과 방이 따로 있었는데 밤마다 옆집 여자의 신음 소리를 들어야 했어요. 쥐와 바퀴벌레, 곰팡이가 없으니 괜찮다고 중얼거리다가도 언제까지 지옥 같은 곳에서 살아야 하나 자괴감이 들더라고요.

등록금은 전액 대출 받고, 부모님이 보내 주는 돈으로 월세와 생활비를 감당해야 했기 때문에 늘 쪼들렸어요. 학생증으로 신분이 증명되는 대학생이었지만 대학 생활에 대해서는 아무것도 몰랐죠. 학기 중에도 쉬지 않고 아르바이트를 했으니까요. 학회나 동아리 활동도 해 본 적이 없어요.

옥탑방에서도 한 번 살아 봤는데 이상 한파가 찾아온 그해 겨울은 휴, 말도 마세요. 모든 게 꽝꽝. 수도도 얼고 창문도 얼고 문도 얼고. 그 집에서 제가 가장 의지한 건 전기장판이랑 전기포트예요. 아침에 일어나면 이불 속에서 전기포트에 물을 끓이고 그걸로 수도를 녹였다니까요. 그때 알았어요. 제가 추위를 끔찍하게 싫어한다는 걸요. 그래도 고시원은 춥진 않잖아요, 그래서.

이다 씨는 '방긋' 웃는 이모티콘이었다가 '흥분'이었다가 '놀람'이었다가 양쪽 볼에 하트를 붙인 당근 소녀가 된다. 집주인에게 신청 취소를 부탁받고 상심했던 시간의 그늘은 온데간데없는 것 같다.

물구나무 서 본 적 있어요?

뜬금없는 질문인 걸 알면서도 여자는 다가간다.

밤마다 두 팔로 바닥을 짚고 공중에 발을 뻗어요. 오래 못 버티고 금방 무너지죠. 그럼 다시 하는데 두 번째는 힘이 달려서 무너짐이 더 빨라요. 그렇게 몇 번 바닥에 내려앉고 나면 묘하게 기분이 좋아지더라고요.

이다 씨는 여자의 얼굴을 바라볼 뿐 얼른 대답하지 않는다.

중력을 거스르는 거죠.

여자가 집게손가락을 허공에 세웠다가 거꾸로 박는 동작을 반복하자 이다 씨가 풋, 웃음을 터트린다.

여자는 겉옷을 벗는다. 갑옷을 벗겨 낸다. 혼자 뚜벅뚜벅 걸어가면 된다고, 그게 삶이라고 믿었던 시간을 잊는다. 고독을 받아들이라는 시대의 강요가 얼마나 불평등한 것이었는지 깨닫는다.

여자는 타인을 원한다. 일상을 나누고 과거를 말할 존재가 필요하다. 눈빛과 마주하지 않고 오가는 사람을 무심하게 대했던 자신을 사랑하고 싶다. 너는 누구니? 너는 어떤 사람이니?

어쩌면 다른 생활을 할 수 있지 않을까?

이상하게 여자는 그런 생각을 한다.

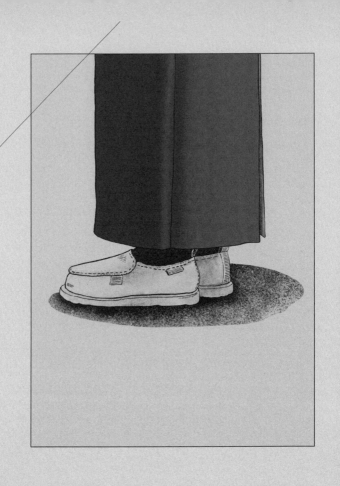

나무들

은행나무 아래 앉아 소리에 귀 기울인다. 쉬익, 바람이 지나간다. 북쪽에서 불어온 건지, 남쪽에서 불어온 건지 모를 바람이. 흔들리지 않는 나무는 없다. 제아무리 천년수라도 떨리는 곳은 있기 마련이다. 잔가지는 춤추듯 휘청이다 멈추면 그만이지만 나뭇잎은 수시로 뚝뚝 떨어진다. 컹컹, 담장 너머로 개가 짖는다. 어디선가 말라빠진 고양이 울음소리도 들리는 것 같다. 톤이 높은 고음의 여자 목소리가 허공에 울린다. 알아듣기 어려운 멘트 뒤로 북한 노래가 흘러든다. 대남 방송은 대기를 떠도는 영혼처럼 나무 주위를 맴돈다. 겨울의 논밭은 무심하고 조용하다. 여자는 싱그런 초록을 상상해 보다가 이내 한기에 몸을 움츠린다. 주머니에 손을 찔러 넣으면서 혀로 마른 입술을 적신다.

지난밤, 여자는 코끼리의 왼발에 가슴이 눌린 채 신음했다. 거대하고 주름 많은 야생의 코끼리였다. 몸을 움직여 보려 했지만 꼼짝할 수 없었다. 소리를 지르고 싶었으나 입술이 떨어지지 않았다. 어떻게 하지. 나머지 한 발이 얼굴에 그늘을 만드는 게 느껴졌다. 금방이라도 살과 뼈를 갈아뭉갤 것 같았다. 끝장이구나 싶어 눈을 감았는데 꿈과 반대로 눈이 떠졌다. 여자는 한숨을 쉬면서 몸서리쳤다.

심호흡한 뒤 방에 불을 켜고 창문을 열어젖혔다. 벽에 머리를 기댄 채 한참을 앉아 있었다. 그 애의 영정사진이 머릿속에서 떠나지 않았다. 그 애는 여자가 알지 못하는 미소를 지으며 환하게 웃고 있었다. 날이 밝자 여자는 침대에서 몸을 일으켰다. 따뜻한 물로 샤워한 뒤 외출 준비를 했다.

강화행 버스를 타야 했다.


그 애는 여섯 시에 여자와 교대해야 했던 저녁 근무자였다. 교대 시간 십 분 전에 와서 시재를 마쳐야 했지만 그 애는 자주 늦었다. 오 분, 십 분이 지난 뒤에 뛰어 들어와 "누나, 미안해요"라고 말하며 안경을 벗었다. 손가락으로 눈두덩을 꾹꾹 누르며 보일 듯 말 듯 씨익 웃었다. "일찍 오려고 했는데 동네 애들이랑 축구 차다가 시간 가는 줄 몰랐어요."

그 애는 뭔가에 빠지면 다른 생각은 잘 하지 못하는 스타일이었다. 몸으로는 축구를 차지만 아르바이트를 하러 가야 한다는 생각을 염두에 두면서

오 분에 한 번씩 시간을 확인하지는 못하는 성격이었다. 아이들과 한참을 뛰어놀다가 한 아이의 엄마가 저녁 먹을 시간이라고 아이를 부르고, 다른 아이가 오늘은 이만 놀아야겠다고 파장 선고를 한 뒤에야 아차, 그제야 자신도 일을 하러 가는 중이었다는 것을 깨닫는다.

제대로 빗고 나오지 않은 머리는 더 헝클어지고, 상대 팀의 공을 뺏어 오려다 넘어져 바지도 엉망이고, 골목까지는 자전거를 타고 나왔으나 담벼락에 기대 세워 뒀던 자전거의 존재는 잊고 편의점까지 전력 질주해 오는 사람이다. 여자는 스물한 살의 그 애를 철없는 어린애 같다고 생각했다.

편의점에는 누가 이름 붙인 것인지 모를 '락(樂)서장'이라는 노트가 있었다. 아르바이트생들이 잡담 같은 걸 적는 페이퍼.

그 애는 악필이었지만 그의 글에는 독특한 사고나 농담, 진지함이 있었다. 자주 쓰는 한자어 어투에서 풍기는 어설픈 연륜. 난해한 영어 단어를 섞어 쓰는 버릇. 알 수 없는 사람이야. 페시미즘과 옵티미즘을 왔다 갔다 하는 사람 같군. 하나의 감각으로 설명하기 힘든 공감각적 인간. 여자는 지렁이 마디처럼 작고 읽기 힘든 그 애의 글씨체에 점점 익숙해졌다.

정리할 물건도 없고 손님도 없을 때, 여자도 틈틈이 락서장에 낙서를 했다. 하고 싶은 일과 할 수 있는 일 가운데 하나를 선택해야 한다면 난 어느 쪽에 손을 들까? 이성 간에는 우정이 존재할 수 없다는 고정관념은 관계를 획일화하는 것 아닐까? 망상을 몽땅 글로 옮겨 주는 기계가 있으면 좋을 텐데.

상상할 수 있는 것은 실천도 가능하다는 생각의 일치. 말이 되지 않는 것 같은 얘기를 말이 되게 만드는 재주. 오류에서 시작하는 가능한 변화들. 그 애의 글을 읽고, 답글을 쓰기 위해 부러 편의점에 갈 때도 있었다. 우리는 현실을 벗어날 수 없어. 우리가 쓰는 글은 잡담 같은 허황된 얘기들뿐이라고. 이런 자위적 발언이 우리를 살릴 수 있을까. 우리를 더 나은 사람으로 살게 할까. 여자는 그 애가 냉소와 허무주의의 가면을 쓰고 있다고 생각했다. 하지만 말하고 싶어. 벗어날 수 없는 것에 대해, 허황된 희망에 대해. 현실을 인정해야 한다고 외치는 사람들에 대해. 원한다고 해서 변하는 건 아니지만 원하지 않을 수 없잖아. 여자는 그 애보다 조금 현실적인 사람이었을까.

초여름, 거리에서 우연히 그 애를 만났다. 여자는 도서관에서 책을 빌려 오는 길이었다. 그들은 캔맥주를 사서 근처 벤치에 앉았다. 여자가 왼쪽, 그 애가 오른쪽. 양반다리를 하고 앉은 그 애와 여자의 발끝이 닿았다. 편의점 밖에서 보니 조금 어색한 것 같기도 했지만 불편하지는 않았다. 수다 떨기 좋은 화제를 꺼내 주거니 받거니 하다가 날려 보냈다. 후후. 글로 읽었던 그 애와 대화를 통해서 느껴지는 그 애는 크게 다른 것 같지 않았다. 다행이었다.

여자는 그 애가 목성에서 온 사람 같다고 생각했다. 여자가 언제나 상상했던 사람. 그래서 매우 친근하게 느껴지는 사람. 목성은 여자가 남몰래 의지하는 단어였다. 묘미, 무지개, 마음만만처럼 미음으로 시작하는 단어. 직사각형이래도 좋고 정사각형이래도 좋았다. 어떤 자음이 붙느냐에 따라 발음이 달라지지만 여자는 네모로 시작되는 단어를 좋아했다. 목성, 태양계에서 가장 큰 행성.

말하는 나무 아세요?

나무가 무슨 말을 해? 새소리, 바람 소리나 들겠지.

여자는 믿지 않았다.

구백삼십 년에서 천 년을 살았다고 추정되는 은행나무가 있대요. 여름이면 북쪽에 있는 수나무의 꽃가루가 날아와 열매 맺는대요. 마을에 화재가 나서 나무가 불에 탄 적이 있는데 줄기 속까지 타지 않고 잎가지만 타서 이듬해 새 가지가 돋았대요. 그때부터래요. 호이유, 로 시작하는 나무의 말이 들리기 시작한 것이.

호이유?

그 후로 그 애와 여자는 자주 만났다. 얘기하려고. "누군가를 이해한다고 말하는 건 언어폭력이 아닐까요. 진심으로 생각해 보지도 않고 다들 너무 쉽게 말하잖아요. 며칠 전에 친구에게 이해한다는 얘길 들었는데 뭐랄까, 좀 비참한 기분이었어요." "응, 이해해, 이해해."

전망대에 가려고. "엘리베이터를 타지 않고 비상

구로 걸어 내려가면 재미있을 텐데. 가위바위보 해서 한 계단씩 내려가면 '60층에서 1층까지－층계의 지루함에 대하여'라는 생활글을 쓰게 될지도 몰라." "전 지루할 정도로 오래 비상하고 싶어요."

또 수족관에 가려고. "형형색색의 물고기가 무서워 보이다니, 배신당한 느낌이에요. 화려하고, 반짝반짝하고, 유유히 헤엄치는 어류의 신비로움을 맘껏 감상하고 싶었는데." "그러고 보면 사람이 제일 안 무서운 것 같아. 매일 보는 내 얼굴이 익숙한 것처럼 사람도 날마다 봐서 그런가 봐. 아님 같은 종(種)이라서 거부감이 없는 걸까." "난 당신을 거부하오. 난 누나가 최고로 무섭다네." 그들의 말장난. 유치해도 좋은 시절이었다.

편입 시험에 합격한 여자는 인천에서 서울로 통학했고, 취직과 동시에 서울에 방을 얻었다. 그사이 그 애는 연거푸 입시에 실패했고 어느 해에는 시도조차 하지 않았다.

서른, 여자는 3년 차 직장인이었고, 드물게 주말에도 출근했다. 겨울 초입의 어느 토요일, 여자는 오후에 있을 팀장의 경사(慶事)에 참석하기 위해

붉은색 코트를 입고 집을 나섰다. 그런 소식을 들으리라고는 예상치 못한 출근길이었다. 동료와 짧은 안부를 나누고 커피를 마시다가 낯선 번호로 걸려온 전화를 받았다. 상대는 여자가 한동안 잊고 있던 이름을 호출했다.

며칠만 머물게 해 달라는 그 애의 부탁을 수락한 적이 있다. 여자는 그 애를 잘 안다고 생각했다. 그 애가 자신을 함부로 할 수 없으리란 걸 알았다. 그 애는 출근하는 여자를 배웅하고 저녁에는 버스 정류장으로 마중 나왔다. 여자가 집에 돌아오면 볼 마우스가 광 마우스로 바뀌어 있거나 욕실 전등이 밝아져 있었다. 어느 날엔 창문에 베이지색 커튼이 달리고, 속옷과 브래지어가 깨끗하게 말라 있었다. 왠지 모를 피곤함에 기절하듯 방바닥에 누운 날, 스타킹이 벗겨지고, 바지가 걷어 올려졌다. 그 애는 따듯한 물에 여자의 발을 담그고, 종아리와 발가락을 주물렀다. 젖은 수건으로 얼굴도 닦아 주었다.

여자는 사람들 사이의 거리가 멀면 멀수록 안전

하고 편안하다고 생각했다. 좀 더 많은 사람에게 관심을 갖고, 살아가는 방식을 배우고, 인정을 베풀고, 감탄을 표현하고 싶었다. 성별에 상관없이 어울리고, 부딪히고, 화해하길 원했다. 여자는 오지랖 넓은 사람으로 오해받을 정도로 타인과 어울렸다.

짝을 찾기 위해 안테나를 세우며 인생을 보내고 싶지 않았다. 사람들의 다양한 흔적을 알고 싶었다. 사랑보다 사람이, 그가 가진 사연이 궁금했다. 누군가의 삶에 관심을 보이는 것은 그를 격려하는 의미가 되기도 한다는 것을 여자는 알고 있었다.

그 애의 혀는 배고픈 아이가 어미의 젖을 빨 때처럼 숨 가쁘고 사납게 움직였다. 첫 키스에서 느껴지는 성난 미음(美音). 붙잡지 못한 마음을 끄집어내는 듯한 흡입. 여자는 이를 꽉 물었다. 그 애가 여자의 가슴을 움켜쥐었다. 여자는 벌떡 몸을 일으켰다.

내가 허락하는 것만 해.

그 애는 인천으로 돌아갔고 며칠 뒤 고무 재질의 작업복을 입고 무릎까지 오는 장화를 신은 채 여자의 회사 앞에 나타났다. 작업복은 위아래가 붙은 것으로, 세차할 때 물에 젖지 않기 위해 착용하는

방수복이었다. 검은색 장화도 투박하고 답답한 것
이었다.

웬일이야?

그냥요.

그 애는 안경을 벗고 버릇처럼 손등으로 눈을 비
볐다. 평상복으로 갈아입을 시간도 없었을까. 오는
동안 사람들이 흘끔거리지 않았을까. 작업복을 입
었다는 걸 알면서도 개의치 않게 여긴 걸까. 뭘 입
었는지도 모르고 달려와야 할 만큼 다급한 게 있
었을까.

정말 그냥 온 거 맞아? 전해 줄 게 있다든가, 할
말이 있다든가.

그제야 생각났다는 듯 그 애는 작업복 주머니에
서 맥주 두 캔을 꺼냈다. 알루미늄 표면에 이슬이
맺히지 않은 것으로 보아 금방 산 것은 아닌 것 같
았다.

들어가 봐야 해.

여자는 주머니에서 손을 빼지 않고 대답했다.

미안해요. 갈게요.

그 애는 잠깐 웃음을 보이곤 두 손을 두툼하게

찔러 넣고 뒤를 돌았다. 경사진 골목을 뛰다시피 내려가는 그 애를, 여자는 그 애가 사라져서 보이지 않을 때까지 바라보았다. 미안하다는 생각도, 불러 세워야 한다는 생각도 하지 않았다.

여자는 그 애와 '그런' 사이가 아니었다. 여자는 그 애를 동시대를 살며 같은 땅에 의지하고 사계절을 헤쳐 나가는 불완전하지만 다정한 이웃으로 대했다. 그 애가 슬쩍슬쩍 자신의 진심을 내비치면 여자는 연애 같은 건 하고 싶지 않다고 잘라 말했다.

소준아.

상대에게 가닿지 못한 여자의 부름은 그대로 입 안에 머물러 있었다. 여자는 혀를 굴려 텁텁함을 씻었다.


인천으로 내려가는 전철 안에서 여자는 울음을 그치지 못했다. 식장의 규모에 비해 빈소는 초라했다. 여자가 들어서자 단 옆에 주저앉아 있던 여동생이 일어났다. 여동생에게 고개 숙이고, 그 애 앞에 국화를 바치고, 몇 걸음 뒤로 물러서서 짧게 묵념했다. 문상객으로 자리를 지키기가 애매해 그대로 신발을 신고 나오려는데 여동생이 여자를 불렀다.

저기요. 두 사람은 예약되지 않은 빈소의 휑한 마룻바닥에 엉덩이를 붙였다. 천 원짜리 지폐에 미안하다고요, 그 말뿐이었어요. 자정이 넘도록 들어오지 않았다는 걸 알았지만 걱정하지 않았다고 했다. 친구 집이나 PC방에 있을 거라고 생각했다. 아니면 조금 오래 걷거나.

그 애는 걷다가 밤을 새웠다. 강화 방면 이정표를 지나거나 경기도로 넘어가기도 했다. 여동생은 오전 일곱 시에 경찰의 전화를 받았다. 경찰은 아파트 옥상에서 시신을 발견했다고 했다. 할머니가 살았던 곳이었어요. 오빠가 할머니한테 많이 의지했거든요. 여자는 손으로 입을 틀어막았지만 울음소리는 새어 나오지 않았다. 여동생은 차분했고, 평온해 보이기까지 했다. 연민도, 두려움도 없는 사람 같았다.

여자는 듣고만 있었다. 그동안 그 애가 어떻게 지냈는지, 유서에는 그 말뿐이었는지, 친구들은 얼마나 다녀갔는지 묻지 않은 채 가만히.

서울로 오는 전철 안, 발밑에서 히터가 나왔고 여

자는 잠이 들었다. 언니는 왜 우리 오빠를 사랑해 주지 않았나요? 왜 오빠랑 자지 않았나요? 언니 때문이에요, 다 언니 잘못이라고요. 오빠가 언니를 얼마나 좋아했는데. 미워해야 할 사람은 너뿐이라는 듯 여동생은 여자를 원망했다. 나 때문이라고? 내 잘못이라고? 사랑, 이라고? 여자는 여동생이 수긍할 만한 진실을 전할 수 없을 것 같았다. 도망치듯 장례식장을 나왔다. 잠에서 깬 여자는 미치도록 배가 고팠다. 슬픔과 분노 속에서도 졸음과 배고픔이 밀려온다는 사실에, 살아 있다는 사실에 전율했다.

여전히 혼자인 여자는 일인용 장을 보고 일인용 요리를 하고 일인용 식탁에서 식사한다. 혼술을 하고, 혼영을 가고, 홀로 산책한다. 그리고 혼잣말이 늘었다. (덜 사랑한 것, 더 잘해 주지 못한 것, 키스조차 자주 허락하지 않은 것, 덜 보듬어 준 것, 아이처럼 대한 것, 많이 웃어 주지 못한 것, 사랑하지 말라고 다그친 것, 금방 잊게 될 거라고 말한 것, 사랑도 사람의 일이라 시간이 해결해 줄 거라고 충고한 것…… 내가 살아 있어, 죽은 네게 미안하다.)

나무들　　　　　　　　　　　　　　　107

은행나무 아래서 소리를 기다린다. 그 애의 말, 숨, 호흡, 웃음소리. 여은 누나라고 부르던 그 애의 목소리.

호이유…….

그래, 나 여기 있었어.

이
재
은

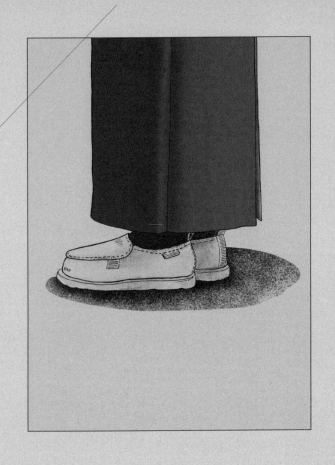

설탕밭

소년은 말이 없다. 대신 숱한 물음을 품고 있다. 달은 왜 반듯하지 않은지, 별은 왜 좀 더 반짝여 주지 않는지, 구름의 속살은 왜 어머니의 젖가슴처럼 만질 수 없는지. 이슬 맛이 달콤한 이유와 안개비가 부드러운 이유를, 소년은 알지 못한다.

소년이 사라지면 판자는 공가(空家) 처리될 것이다. 이런 지붕은 차라리 없는 게 낫다고, 소년은 천장을 올려다보며 몇 번이나 악을 썼다. 그때마다 달과 별과 구름이 하늘을 스쳤다.

머리 위에 우주를 얹고 소년은 집을 나선다. 그를 뒤돌아 세우는 사람은 없다. 가진 것은 스케이트보드 하나뿐이라는 듯, 작은 바퀴에 의지해 온 힘을 발바닥에 싣고 세상 속으로 미끄러진다.

당연한 것처럼 흐른 시간에 그가 당도한 자리. 목적지도 정착지도 아닌 공원 둘레길. 아무도 부르지 않았지만 소년은 그곳에 앉아 있다. 소년의 벤치는 황톳길에서 살짝 비껴 나 있다. 평범한 곳이지만 신비의 푸른 숲을 등지고 있다고 상상한다.

스쳐 가는 이들 중에 소년이 멈추고 싶은 사람은 없다. 얼마나 지났을까. 사진 찍는 노인을 발견한다.

상체를 구부정하게 숙이고 핸드폰으로 각도를 잡는다. 자신을 피사체로 둔 게 아니란 걸 알면서도 소년은 노인을 향해 묻는다.

지금 저 찍으신 거예요?

노인은 답이 없다.

할아버지, 방금 저 찍으셨죠?

소년이 소리 높여 외친다. 거기 소년이 있는지 몰랐다는 듯 할아버지가 한 발짝 뒤로 물러서며 깜짝 놀란 티를 낸다.

사진? 그래, 찍었지.

저를 왜 찍으신 거예요?

너를 찍은 게 아니고 길을 찍은 거야.

제가 나왔을 거예요.

노인이 핸드폰을 만지작거린다.

기분 나빴다면 미안하다. 나쁜 의도는 없어. 그저 이 길을 찍고 싶었던 것뿐이야. 매일 걷는 곳이지만 날마다 풍경이 달라지거든.

노인은 요즘 사람들이 초상권에 예민하다는 걸 안다. 사람을 대상으로 카메라를 들이댄 적은 없다. 하지만 종종 사람이 앵글에 담겼고, 몇몇 사람과 시비가 붙기도 했다. 사람 코빼기도 보이지 않는단 걸 확인하고 셔터를 누르자고 매번 마음먹지만 이따금 실수를 하고 만다. 성인들만 까탈스러운 줄 알았지 아이까지 민감하게 굴 줄은 몰랐다. 설사 찍혔더라도 캄캄해서 얼굴이나 알아볼 수 있으려나. 어디다 공개할 것도 아닌데. 내가 뭘 그렇게 잘못했다고. 그런 생각을 하는 노인을 소년이 두 발을 까딱거리며 쳐다본다.

알겠어요. 대신 부탁 하나 해도 돼요?

노인이 벤치로 다가와 소년 옆에 앉는다. 소년은 노인의 이동을 자기 부탁을 들어 주겠다는 제스처로 이해한다.

취하고 싶어요.

우물쭈물과 갈팡질팡하는 마음은 소년과 어울리지 않는다. 소년은 당당하다.

술 마실 줄 아니?

소년이 고개를 끄덕인다.

아버지랑 몇 번 마셨어요.

노인은 당장 말이 없다. 뭐라고 대답해야 할지, 뭐라고 충고해야 할지 고민하는 눈치다. 소년은 입술을 굳게 다물고 있다. 그냥 해 본 말이에요, 같은 이음말은 없다. 소년은 단단하게 상체를 세운다.

어떤 종류를 말하는 거냐?

체념한 어조지만 비아냥대는 말투는 아니다.

좋아하는 술이 있으세요?

난 술을 즐겨 마시는 편이 아니다. 이따금 막걸리를 마시긴 하지만.

그럼 그걸로 할게요.

자신을 바라보는 소년의 눈빛 속에서 노인은 막걸리는 괜찮을지도 모르지, 속엣말을 한다. 그런 자신의 사고가 의아하기만 하다. 이렇게 쉽게 소년에게 넘어갈 일인가, 미성년자에게 술을 먹여도 될 일인가, 노인은 이 상황을 납득할 수 없다. 누군가 자신을 조종하는 것 같지만 그렇다고 해도 썩 기분 나쁜 일은 아니다. 그 나이에는 직감이 판단을 넘어서기도 하니까. 노인이 천천히 벤치에서 일어난다. 소년은 고개를 돌린다.

먼 곳에서 빛이 스멀스멀 움직인다. 천천히 아래로 내려가는 것도, 위로 기어 올라가는 것도 있다. 불빛은 흐릿하게 번져 있지만 소년은 어둠에 잠식

당하지 않으려고 애쓰는 녹색의 반짝임을 감지한다. 검붉은 빌딩 사이로 꺼질 듯 녹색이 이어진다. 그 빛은 소년의 것이다. 소년이 발견한 것이다. 소년은 그 색이 반갑다. 기쁨도 잠시, 갑자기 나타나 이리저리 움직이는 나팔 모양의 라이트가 소년을 침울케 한다.

미술 시간이었다. 12색 케이스에 11색밖에 없어 공간 하나를 남겨 두고 열한 개의 크레파스가 들썩거렸다. 소년이 좋아하는 색은 녹색이었다. 그 색을 빌리고 싶어서 옆도 바라보고 뒤도 돌아보고 앞도 찔러 봤다. 친구들은 모두 그 색깔을 손에 쥐고 있었다. 소년은 파랑으로 쓱쓱 하늘을 칠하고 싶은 마음이 없었다. 왠지 부아가 나서 하늘과 땅을 검게 칠해 버렸다. 순간의 부끄러움.

도화지 속 세상을 엉망으로 만들려다가 가만 참고, 소년은 설탕밭을 심었다. 설탕을 눈처럼 뭉쳐 세상에 뿌렸다. 검은 세상이 점점 환해졌다. 기분이 좋아진 소년은 흩뿌려진 곳을 따라 다니며 뛰어놀았다. 넓은 밭은 달고 환했다. 사이사이로 어느새 푸른 잎이 돋는 것도 같았다.

잠시 후, 한 손에 봉투를 든 노인이 나타난다. 벤치 위에 비닐봉지를 내려놓는다. 소년은 부스럭거리며 봉투를 뒤진다. 소년을 제지하고, 노인이 종이컵에 막걸리를 따른다. 두 잔 중 한 잔을 소년에게 건넨다.

고맙습니다.

반 잔이다. 더는 못 줘.

두 사람은 가지런한 자세로 앉아 막걸리를 마신다.

여기서 뭘 하고 있었던 거냐.

아버지 기다려요.

언제 오시는데?

몰라요. 안 올지도 몰라요. 제가 여기에 있는 걸 모르거든요.

아버지가 어딜 갔는데.

어머니는? 가족은? 형제는? 노인은 물음표를 달고 줄줄이 쏟아 내는 질문이 소년을 주눅 들게 하거나 상흔을 건드릴 수 있다는 걸 안다. 막걸리를 비운 종이컵을 뒤집어 툭툭 털고 한 컵 더 채운다.

더 마셔도 돼요?

노인은 대답이 없다.

소년이 직접 술을 따르는 걸 노인은 모른 척한다.

이름이 뭐냐.

지금은 없지만 얼마 전까지는 비였어요.

비?

그전에는 파파이슬이었고요.

무슨 뜻이냐.

그냥 만든 거예요. 어떤 땐 사우스아라비카슈퍼캡슐이라고 짓기도 하지만 요샌 귀찮아서 안 해요. 할아버지는요?

난 규만이야, 이규만.

사진 찍는 걸 좋아하세요?

그걸로 평생 먹고살았다. 그 일로 자식을 키웠어.

좋아서 일평생 한 거예요?

찍는 거 말이냐. 그렇다고 할 수 있지. 먹여 주고 재워 주고 기술까지 가르쳐 준다고 해서 사진이 뭔지도 모르면서 뭍에 나왔다. 어쩌다 보니 군대에서도 그 일을 하고, 베트남에 가서도 사진을 찍었다.

노인은 파월(派越) 기념 앨범 제작팀에 차출됐었다. 촬영 담당이 아닌, 필름을 현상해서 인화한 뒤 한국으로 보내는 일을 했다. 노인의 앨범 속에는 파병 준비 훈련과 여의도 환송식, 부산항에서 가족과 이별하는 부대원들의 모습, 베트남 퀴논에 상륙하는 장면과 전투 모습이 담겨 있다.

섬에 사셨어요?

내가 4학년 때 전쟁이 났다. 아버지가 어머니와 동생들을 데리고 남으로 오고 나는 고향에 남았다가 한참 후에 배를 얻어 탈 수 있었지.

왜 혼자 남았는데요?

조와 수수 농사를 지었는데 곡식을 그냥 두고 가기 아까워서 내가 남아서 그걸 지켰다.

할아버지 혼자서요?

소년은 할아버지가 소년이었을 때를 그려 보지만 생각처럼 쉽지 않다. 주름지고 울퉁불퉁한 노인이 꿈쩍 않고 머릿속에서 아른거린다.

우리 집엔 나 혼자였고, 할머니가 가까이에 살아서 밥을 챙겨 줬다. 한동안 나 혼자 자고, 혼자 일어났다.

심심했겠네요.

소년 자신에게 하는 말인지도 모른다. 목발에 몸

을 의지한 남자가 맨발로 한 발 한 발 땅을 짚으며 지나간다.

내가 허수아비도 아니고, 밭에서 곡식을 지키고 서 있을 수는 없어서 매일 선창가에 갔다. 아버지가 데리러 오길 바라면서 말이야.

저도 아버지가 오길 바라면서 매일 길에 나와요.

미안하지만 너랑은 처지가 달랐다. 엄마 아빠를 찾으며 울부짖는 비명과 먼저 배에 오르려다 바닷물에 빠져 살려 달라고 외치는 소리, 개똥이와 아무개의 이름을 목청껏 부르는 소리를 날마다 부둣가에서 들었다. 그야말로 아수라장이었지. 젖먹이 아이를 해변가에 버려 둔 채 홀로 배에 탄 여자도 있었다.

엄마가 버리고 간 아이가 여기 있네요. 북에 있던 그 아이가 남쪽에서 환생한 거네요.

소년의 농담에도 노인은 웃지 않는다.

더 얘기해도 되냐?

소년이 고개를 끄덕인다.

한 청년이 작은 배를 타고 나타났다. 노모를 두고 장봉도로 피란한 청년이었지. 먼 길을 갔다가 다시 노를 저어 노모를 모시러 온 거였다. 그런데 노모가 배를 안 탄다고 했다. 고향을 떠날 수 없다고.

그래서요?

어른들 틈에서 그 광경을 지켜보고 있는데 노인이 나를 가리키면서 너는 어리고 남자니까 나 대신 아저씨를 따라가라고 하더라.

그때로 돌아간 듯 노인의 얼굴에 놀람과 고뇌의 그림자가 스친다.

두 사람이 겨우 탈 수 있는 작은 배였다. 마을 주민 누구도 자기가 대신 타겠노라 나서지 않았어. 그 노모의 희생으로 부모님과 동생이 있는 남으로 내려올 수 있었지. 지금도 그 배를 잊을 수가 없다.

노인이 허리를 숙이고 손가락으로 땅을 짚으며 그림을 그리기 시작한다. 소년도 노인만큼 상체를 숙이고 그림을 본다. 어두워서 잘 보이지 않는다고 말하려는데 순간 가로등이 켜진다. 노인이 그린 배는 펜촉과 닮았다.

앞이 뾰족하고 뒤에서 노를 젓는 거였다. 밤새 물살을 갈라 장봉도에 도착했지. 날짜는 기억나지 않는데 도착하니 매미가 울더라. 노모가 오이를 먹으면 멀미를 안 한다고 오이를 챙겨 줬으니 여름이었던 게 확실해.

자꾸자꾸 변하는 노인의 얼굴에 이제 미소가 걸린다.

해안가 백사장에 피란민들이 천막을 치고 살고 있었다. 노인은 난민촌에서 우연히 먼저 피란 온 외삼촌을 만났다. 만석동에 황해도 피란민이 모여 산다는 소문을 듣고 만석동으로 무작정 떠나 수소문 끝에 괭이부리마을 움막집에 사는 가족들을 만났다.

어둠 속에서 노를 저을 때 말이다. 바다에 빠져 죽을지 모른다는 공포보다 외로움을 견디기 힘들더라. 나를 태워 준 청년에게 의지하면서도 웬일인지 혼자라는 생각을 떨치기가 어렵더구나. 엉엉 울음을 터트리고 싶은 걸 겨우 참았다. 어떻게 그럴 수 있었느냐고?

별이 있어 그랬다. 하늘에 별이 반짝이고 있었어. 몇 억 광년이나 떨어져 있는 곳에서 빛나는 별이, 밝다고 할 수 없는 그 작은 빛이 나를 지켜 주는 것 같았다. 별들이 나를 내려다보고 있는 것 같았어.

사람들은 크고 화려한 걸 좋아하지만 나는 믿지 않는다. 인간에겐 별빛 하나만으로 족해. 나를 비춰 주는 빛 하나만 있으면 된다. 가령 반딧불이 같은 거 말이다. 그것만 있으면 돼.

저기 저 빌딩 좀 봐라. 저 안으로 들어가려고 너도나도 아등바등하지만 여기서 보면 한 점일 뿐이 잖니. 빛 속으로 들어가는 것도 좋지만 그 안에 있으면 빛의 소중함을 잊기 마련이다.

퉁퉁, 두두둥. 소년이 빈 술통으로 벤치를 때린다.

언제 막걸리를 다 비운 걸까. 소년은 다리에 힘을 싣는다. 제자리 뛰기를 해 볼까. 땅에서 두 발을 뗄 때마다 퉁퉁 달이 뛴다. 심장 소리가 지친 나무에 열매로 매달리는 것 같다. 원숭이 똥구멍은 빨개, 빨가면 사과, 사과는 맛있어. 소년의 얼굴이 붉어진다.

저한테도 불빛 같은 게 있을까요.

어떤 불빛 말이냐.

모르겠어요. 낮처럼 환하고 밝았으면 좋겠어요.

살아 보니 화려하다고 좋은 건 아니더라. 반딧불로도 족한 순간이 많아.

노인은 아까 한 말을 반복한다.

이재은

반딧불이라니요?

소년이 태어나서 처음 들어 본 단어라는 듯 해맑게 묻는다.

딱정벌레처럼 생겼는데 꽁무니에서 빛이 나온다. 우와.

물 위를 둥둥 떠다니는 아기 손톱만 한 작은 잎. 개구리가 먹는 밥이 아니다. 연못에 개구리가 머리를 내밀고 있을 때, 입 주변이나 머리에 밥알이 달라붙어 있는 것처럼 보여 그런 이름이 붙었다. 개구리밥과 부평초는 동의어. 의지할 데 없이 정처 없이 떠도는 신세를 비유적으로 이르는 말이다. 노인은 자글자글한 것에 시선을 고정시키고 있을 때처럼 간질거리는 기분을 느낀다. 가로등 불빛에 모여든 하루살이 떼를 올려다볼 때처럼.

북에 살 때는 말이다, 마당에서도 골목에서도 반딧불이 흔했다. 통에 담아 램프로 쓰기도 했으니까.

소년의 볼에 주근깨로 박힌 점, 숱한 점들…….
그건 소년의 상처일지도 모르지만 노인은 그걸 빛으로 읽는다. 광채의 씨앗으로 받아들인다.

소년과 노인은 나란히, 같은 곳을 보고 있다.

저기, 출구가 보이니.

멀리서 발소리가 쿵쿵 메아리쳐 들려온다.

* 노인의 이야기는 「실향민 이야기 꿈엔들 잊힐리야-45 "황해남도 청단군 용매도 출신 차학원 할아버지"」 기사를 참고했습니다(《경인일보》, 2017.11.23).

이
재
은

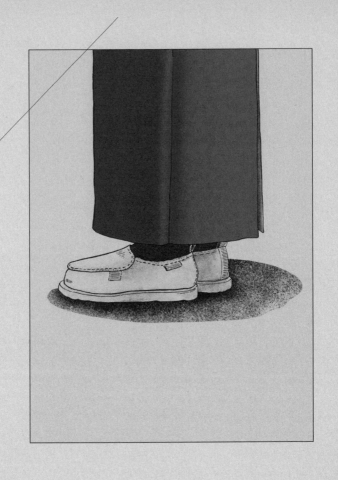

세상의 끝에서 온 노래

볏짚 밟는 소리가 들립니다. 여수인들이 방 안을 돌고 있네요. 쪼그려 앉을 수 없을 만큼 좁아서, 서 있는 것보다 걷는 게 덜 괴로워서 옥사를 돕니다. 퉁퉁 부은 다리를 움직입니다.

누군가 마른 입술을 떼요. "진중이 일곱이 진흙색 일복 입고 두 무릎 꿇고 앉아 주님께 기도할 때 접시 두 개 콩밥덩이 창문 열고 던져 줄 때" 다른 사람이 따라 부릅니다.

하나, 둘, 셋…… 마음을 포갠 하모니가 이어집니다.

"피눈물로 기도했네 피눈물로 기도했네" 들릴 듯 말 듯, 당신 목소리.

탕. 복도로 난 쪽창이 불시에 열립니다. 시끄러워. 날카로운 고음의 여자 음성이 들려요. 사람들은 입을 다뭅니다. 침묵과 정적이 흐르네요.

우리, 오리 새끼들 같지 않아요? 오리요? 네, 오리. 마당 한쪽을 차지하고 있다가 맹금류가 다가오면 어쩔 줄 몰라 걸음을 딱 멈추는 오리 새끼. 꽥꽥. 꽥꽥. 감옥 안은 오리들의 울음으로 가득해집니다. 여수인들이 다시 회오리처럼 돌고 돕니다. 앞

사람을 둥글게 둥글게 따라갑니다. 맨발에 거적이 단단해집니다.

당신의 얼굴에 가느다란 빛이 내려앉았습니다. 창문 사이로 들어오는 오후의 고요한 햇살이에요.

스물둘. 당신이 보안법 위반으로 징역 10월을 선고받았던 때 저는 3일밖에 살지 못하리라는 의사의 소견을 들었습니다. 당시 유행하던 장결핵에 걸렸고, 의사는 고개를 저으며 부모님에게 마음의 준비를 하라고 했어요. 전 밤낮으로 악을 쓰고 진땀을 흘렸지만 세상과 작별하진 않았습니다. 완전히 눈을 감진 않았습니다. 의사는 신의 힘이 닿은 기적이라고 했어요.

당신도 저처럼 어린 시절에 시력을 잃었네요. 태어날 때부터 깜깜한 어둠을 마주하진 않았네요. 정안인으로 살았던 십 년이 제게도 무척 소중합니다. 그 시절에 별 달 마술, 물 풀 요술을 알았거든요. 저만의 아늑하고 가만한 세계가 있었습니다.


정임     영화 시작했니?

초은     네, 이모. 골목에서 여자아이 셋이 고무줄놀이를 하고 있어요. 두 명이 줄을 잡고 한 명은 고무줄을 가로질러요. 팔딱팔딱 뛰며 이쪽저쪽을 오가요. 신발이 고무줄을 넘을 때마다 가벼운 흙먼지가 일어요. 펄럭이는 치마를 따라 아이의 단발머리가 위아래로 나부끼네요. 담장 너머 여인이 손짓으로 아이를 불러요. 한 아이가 뛰어가자 나머지 둘도 같은 방향으로 아이를 따라가요. 고무줄도 뒤를 쫓아가고요. 좁은 길은 잠잠, 고요해져요.

　비가 내렸어요. 저는 우산을 들고 집을 나섰습니다. 시장에 간 엄마가 비를 맞을까 봐, 엄마에게 우산을 가져다주기 위해서였죠. 신호등이 없는 횡단보도 앞 몇 대의 차가 지나가고, 이때쯤 길을 건너도 될 거라고 생각한 저는 앞으로 발을 내디뎠습니다. 제 행동을 예상하지 못한 택시가 달리던 속도 그대로 저를 들이받았어요. 부우웅. 아주 멀리 날아가는 것 같았어요. 저는 날개가 없었고 픽, 바닥에 떨어졌죠. 그다음 일은 기억나지 않아요. 내리는 비에 흠뻑 젖기도 했을까요. 사고 이후 바로 실명한 건 아니에요. 시력은 점점 떨어졌어요. 사물이 흐릿하게 보이는 만큼 얼굴의 찡그림도 늘었습니다. 열

여덟, 자고 일어났더니 어제 보였던 형체가 사라졌어요. 간신히 색깔만 구분할 수 있었죠. 따뜻하고 차가운 것. 맑고 탁한 것.

어느 날 아침에는 벽에 비친 햇살만 보였어요. 겨우, 가느다란 그것만.

사진기로 말하면 필름이 없는 거잖아요. 눈의 구조는 카메라하고 같잖아요. 카메라는 필름이 없으면 헛방이잖아요. 제 병명은 망막박리입니다. 눈에 맺힌 상을 뇌로 전달해 주는 세포가 떨어진 거래요. 망막은 한 번 떨어지면 붙지 않는대요. 수술로도 안 된대요. 의학이 발달해도 불가능하대요.

시각장애 특수학교에 들어가기 전에는 집에만 있었어요. 언니 오빠가 돌아오면 학교에서 있었던 일을 캐묻거나, 텔레비전을 보거나(듣거나), 책을 읽거나(읽어 주는 걸 듣거나) 하면서 하루를 보냈어요. 스물둘에 특수학교에 입학했지만 몸이 아파 3년을 쉬었어요. 스물다섯에 다시 들어가 중고등 과정을 마쳤습니다. 대학의 특수교육과는 서른 살에 갔고요.

"정치 변혁의 목적을 가지고 다수의 군중과 조

선 독립 만세를 부르며 면내를 횡행하고 구 한국기를 흔들며 군중을 선동 만세를 부르며 순사파출소 부근까지 나가는 등 치안을 방해한 사실이 있는 자이다."

한 치 앞도 볼 수 없었지만 당신은 주동자였네요. 독립 만세를 외치고 군중을 진두 지휘했네요. 수많은 사람들이 만세를 외쳤던 소란함 속에서도 용기를 잃지 않았네요.

1920년 2월, 당신은 구금 상태로 고문받다가 한국인 형사 황달평에게 눈먼 병신 주제에 건방지게 무슨 짓이냐는 질문을 듣습니다. 당신은 눈도 깜빡 안 했겠지요. 위협에 기죽거나 행적을 반성하지 않았겠지요. 오히려 그에게 한국인으로서 일제의 앞잡이 짓을 하는 게 부끄럽지 않느냐고 쏘아붙였겠지요. 내가 이렇게 만세 운동을 하는 것은 조국의 독립을 위해서라고 당당하게 말했겠지요.

당신은 상대에게 나직이 반문했습니다.

"두 눈이 멀었다고 마음조차 멀었다고 생각하느냐?"

엄마는 창피할 정도로 제가 시각장애라는 것을

드러냈습니다. 우리 딸은 앞이 안 보여요. 누구한테나 그런 말을 했습니다. 한번은 장애인 택시를 타고 아파트 앞에 내렸는데 엄마가 나오지 않은 거예요. 지팡이를 두드리며 혼자 걸을 수 있는 상태가 아니었습니다. 그 자리에서 꼼짝하지 않으리라 다짐하자마자 너 몇 동 몇 호 사는 학생이지? 어떤 목소리가 들렸습니다. 그가 누군지 금세 알 수 있었어요. 엄마가 늘 말하니까 그도 저를 알아본 거예요. 아파트 관리사무소 아저씨의 팔을 붙잡고 무사히 집에 도착했습니다.

정임    무슨 일이야?

초은    몇 사람이 누워 있고 다른 사람들이 그들을 둘러싸고 있어요.

정임    죽은 걸까?

초은    클로즈업한 여자의 얼굴에 미소가 드리워져 있어요. 바닥에 등을 대고 반듯하게 누워 있는 여자의 배가 볼록 솟아 있네요. 아이를 가졌나 봐요. 사람들이 서로 눈짓을 해요. 누군가 그녀의 어깨를 흔들어요. 그녀는 일어나지 않아요. 다른 사람이 어깨에 올려져 있는 손을 걷어 내고 고개를 저어요. 자기 차례를 양보할 테니 여자를 좀 더 자게 두라는 건가 봐요. 여자는 자신이 누릴 수 있는 시간이 지났는데도 일어나지 않은 거예요.

예전에 출근 준비를 하다가 이불 위에 누워 있는 조카의 배를 밟았습니다. 물컹한 게 밟혀서 깜짝 놀랐죠. 초은아, 미안해. 괜찮아요, 이모. 이모는 안 보이잖아요. 여섯 살짜리 애가 그렇게 말해요. 그런데 며칠 뒤 또 그런 상황이 생겼어요. 제가 밟을 뻔하니까 초은이가 내 발을 딱 잡아요. 이모, 저 여기 있어요. 초은이가 똑똑해서 그런 게 아니에요. 단 한 번도 이모는 볼 수 없으니까 이때는 이렇게 하고 저때는 저렇게 하라고 가르쳐 준 적이 없어요. 더불어 살면 알아지잖아요. 나와 다른 사람을 편견 없이 인정할 수 있잖아요.

신음 소리와 비명에는 귀를 막아요.

바늘 끝으로 손톱 밑을 찌르고, 불에 달군 인두를 볼과 이마에 갖다 대고, 손목에 끈을 묶어 천장에 매달아 놓을 때 쏟아지는 산짐승 같은 울부짖음. 끔찍한 간접 체험은 피하고 싶어요.

당신도 일본 경찰의 잔인한 고문으로 고막이 터져 평생 귀에서 고름이 나오는 후유증을 앓았다고요. 평생 당신을 괴롭혔던 일이 아닌, 당신이 열광했던 것들이 궁금합니다.

아들이 아홉 살 되던 해에 남편을 잃고 삯바느질과 행상, 세탁 등으로 자식을 돌봤던 사이, 힘겨움의 날들 사이사이, 아내와 엄마, 딸로서의 책임감에서 벗어나 당신도 당신만의 작은 즐거움을 누리셨겠죠. 그러셨길 바랍니다. 1990년, 3·1운동 공로를 인정받아 건국훈장 애족장에 추서된 것을 진심으로 축하드려요.

저는 야구와 쇼핑, 영화를 좋아합니다. 각각 최고의 파트너가 있어요. 야구는 동료 A교사, 쇼핑은 패션에 관심이 많은 둘째 언니와 자주 갑니다. 영화는 조카가 기막히게 설명을 잘해요. 초은이의 도움을 받아 본 영화는 아이들에게도 꼭 전해 줍니다. 제가 '진짜 그 영화를 보고 와서' 이야기해 주는 것 같다며 무척 즐거워하거든요. '항거', 당신을 알게 된 영화도 아이들에게 들려줄 거예요.

'스타킹'이라는 텔레비전 프로그램이 있었습니

다. 하루는 일곱 살 쌍둥이가 나왔는데 한 아이는 시각장애가 있고, 한 아이는 비장애인이었어요. 아이들은 유치원을 함께 다녔지만 졸업하면 각각 다른 학교에 입학해야 했어요. 부모는 쌍둥이에게 추억을 만들어 주기 위해 프로그램에 출연했대요. 애들이 노래를 잘하더라고요. 저도 홀린 듯 미음(美音)에 빠져들었죠. 진행자 중 한 명이 시각장애 아이한테 이다음에 커서 뭐가 되고 싶으냐고 물었어요. 아이가 대뜸 안마소 원장이라고 하더라고요. 별로 고민하지도 않고 정답을 외치듯 대답했어요. 마음이 너무 아팠습니다. 설사 커서 안마소 원장이 되더라도 그 나이에는 다른 걸 바랄 수 있었을 텐데. 하나가 아니라 여러 개의 꿈을 내뱉을 수 있었을 텐데. 아이 때는 매일매일 바라는 게 바뀌잖아요.

서울에 시각장애 판사가 있었어요. 전혀 볼 수 없는 전맹이었죠. 로스쿨에 가고 싶어 하는 우리 학생을 판사와 만나게 해 줬습니다. 그 학생은 판사의 조언대로 Y대 사회학과에 들어갔어요. 일반대를 나와 로스쿨에 들어가는 게 이점이 많다고 했거든요. PD가 되고 싶어 하는 아이와는 방송국에 갔습니다. 맹인 개그맨이 방송하는 모습을 함께 봤어요. 아이들에게 다른 꿈을 꾸게 해 주고 싶었어요. 우리는 무조건 안마만 해야 한다고 생각하면 너무 서글프잖아요.

당신도 일본인 밑에서 안마업을 하다가 업소를 인수했다고 들었습니다. 1926년에서 1931년의 일이네요. 안마업을 했지만 그것만 할 수 있다고 여긴 건 아니었겠지요. 저 역시 학생들을 가르치는 일을 무척 귀하게 생각합니다.


정임    만난 거야?

초은    감옥에 함께 있던 학교 선배랑 오빠가 찾아왔어요. 그런데 여자가 많이 아파 보여요. 왼쪽 눈이 퉁퉁 부어 거의 감겨 있다시피 하네요. 오빠가 염려하는 표정으로 바라보고, 선배가 눈빛으로 뭔가 말하는데 그녀는 대답 없이 웃기만 해요.

정임    감추고 싶은 게 있는 거겠지.

초은    믿을 수 없을 만큼 말간 웃음이에요. 힘겨워 보이긴 하지만 거짓 미소는 아니에요. 창살을 감싸 쥐고 있는 손가락들이 타다 만 장작처럼 검고 뭉툭해요. 선배가 손을 잡으려 하자 여자는 뭔가에 데인 듯 깜짝 놀라요. 얼른 책상 아래로 두 팔을 내리네요. 그러곤 또 웃는데 그녀를 마주한 남자와 선배는 이를 악물고 있어요. 가까스로 울음을 참는 것처럼요.

최근 조카의 도움을 받아 장기 기증 신청을 했습니다. 저의 건강한 부분을 필요한 사람에게 전해 줄 수 있었으면 해요. 몸의 감각과 기관이 모두 정지한 순간에도 끝이 아니라 새로운 시작을 꿈꾸길 바랍니다.

저는 맹인이고 시각장애인이지만 그렇게 굴곡진 삶을 산 건 아니에요. 남들은 보면서 살고 저는 못 보면서 산 것뿐이죠. 안 보였기 때문에 이만큼 살아갈 수 있었던 건지도 몰라요. 보이지 않았기 때문에 더 열심히 산 것도 있으니까요.

당신도 나처럼 눈이 멀어서, 그래서 더 치열하게 산 것 아닌가요.

눈을 잃으면 아무것도 볼 수 없는 줄 알았어요. 다른 무언가를 볼 수 있다는 걸 이전에는 몰랐습니다. 이따금 저는 제 몸을 잊어요. 없는 몸으로 어딘가에 닿기 위해 애씁니다.

나는 여전히 보고 듣고 느낍니다.

고개를 들어 하늘과 구름을 바라봅니다. 멀지도 가깝지도 않은 곳에서 어둠이 지워지고 있네요. 별 달 마술, 물 풀 요술. 저만의 세계가 멈추지 않고 흘러갑니다.

천천히 빛의 잔상을 음미해요. 희미하고 약한 불빛, 정안인은 감지하지 못하는 미광(美光).

초은 : 이모, 여자가 잠든 것 같아요. 스르르 눈을 감아요.
정임 : 들어 봐, 초은아.

"대한이 살았다 대한이 살았다 산천이 동하고 바다가 끓는다. 에헤이 데헤이 에헤이 데헤이 대한이 살았다 대한이 살았다."

당신의 노래가 들려옵니다. 서대문 형무소 여옥사 8호 감방에서 부른, 당신이 세상의 끝에서 전한 그 노래가요.

* 인용한 노래는 개성 3·1만세 운동을 주도한 심영식 시각장애인 여성 독립운동가의 노래에서 가져왔습니다.

* 화자의 스토리는 필자가 진행했던 인터뷰 "시각장애 아이들에게 다양한 꿈을 갖게 해 주고 싶어요. ―인천혜광학교 민선숙 선생님"을 참고했습니다(《인천in》, 2014.4.15.).

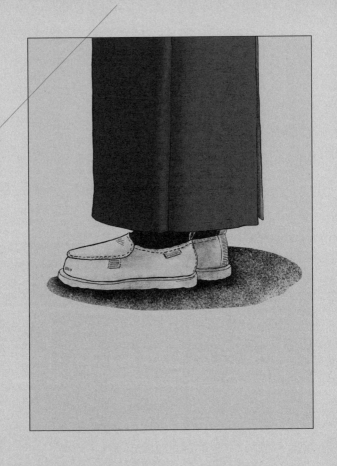

어젯밤에

내가 죽었다고 한다.

응급실에 도착하기 전에 숨이 멎었다. 화장실 바닥이었다. 누군가 나를 발견했고, 그는 본능적인 충격과 절망으로 호들갑을 떨었다. 휴대전화를 소지할 수 없는 곳이었기 때문에 그 사람은 관리자를 찾아야 했고, 관리자는 당장 긴급통화를 누르는 대신 바닥에 널브러져 있는 나를 보러 왔다. 얼음판에서 넘어진 황소 눈깔 같은 표정으로 내 존재를 내려다보더니 그제야 할 일이 생각났다는 듯 통화 버튼을 눌렀다. 나는 그걸 느꼈고, 듣고 있었다. 애써 눈을 번득이지 않아도 알 수 있었다.

가장 먼저 나를 발견한 여자는 내 몸을 몇 번 흔들었었다. 저기요, 괜찮아요? 나를 건드렸었다. 흩어지는 타액이 내 얼굴에 닿는지도 모르고 눈 좀 떠 보라고 외쳤었다. 나는 내가 왜 거기에 있는지 알 것 같았고, 과로 혹은 추위 때문이라고 생각했다. 다른 이유는 떠오르지 않았고, 원망하고 싶은 대상도 없었다. 그럼에도 조금 억울했다.

무작정 호텔에 갔다. 숙소는 하얗고 깨끗했다. 테라스로 나갈 수 있는 통유리가 있었다. 커튼을 완전히 열어젖히고 유리문을 당기자 습한 미풍이 불었다. 바다 향이 담긴 캔을 개봉한 것처럼 코앞에서 훅, 바다 내음이 펼쳐졌다. 심호흡을 했다. 살 것 같았다. 오전 열한 시, 레스토랑은 한가했다. 흰색 블라우스에 몸에 꼭 맞는 검정 치마를 입은 직원에게 오렌지주스와 샌드위치를 주문했다. 주위를 둘러봤다. 화려한 스카프를 한 중년 여성 둘이 서류를 앞에 두고 머리를 맞대고 있었다.

창가 끝자리에 뿔테 안경을 낀 남자가 보였다. 그는 책을 손에 쥐고 있었다. 책은 그의 손에 감길 만큼 작았고 표지는 붉었으나 제목은 보이지 않았다. 그의 이름과 직업이 궁금했다. 그가 나를 구원해줄지도 모른다고 상상했다. 궁색하지 않게 그의 손을 잡고 미소를 지으리라.

남자의 방에 올라가 키스를 할 수도 있었다. 쾌락을 위해 마련된 자리에 닿기도 전에, 거친 숨을 몰아쉬며 객실 도어 안쪽에서 옷을 벗을 수도 있었다. 남자의 피부 감촉. 그 속에 감춰진 뼈. 남자는 카키색 뿔테 안경만은 벗지 않는다. 남자에게 베이비로션 냄새가 날까? 아내의 취향이거나 딸의 것일 수 있는 가족 향이?

나는 아이를 낳은 적도, 기른 적도 없었다. 누군가의 배우자가 된 경험도 없었다. 흘끔흘끔 남자를 쳐다봤다. 책장을 넘기는 남자의 손. 안경을 매만지는 남자의 손. 턱을 받치는 남자의 손. 나의 브래지어와 팬티를 벗기는 남자의 손. 내 등을 문지르고 내 살을 휘어잡는 남자의 손. 나는 꼬고 있던 다리를 풀어 오른쪽 다리를 위로 올렸다. 나직하게 몸이 떨렸다. 열감이 피어올랐다. 어디선가 멜로디가 울렸다. 사랑의 엘가였다. 남자는 테이블 위에 있던 휴대전화를 집었다. 소리는 점점 커졌고, 그는 버튼을 눌렀다. 한 손에 전화를 들고, 다른 손에 책을 든 남자는 나를 지나쳐 갔다. 나는 그를 모른 척했다.

사람이 하는 일이다. 못할 것도 없다. 고되지 않은 일은 없다. 좋은 일, 나쁜 일도 따로 없다. 그렇게 생각했다. 옷이나 신발을 포장하는 일이었다. 랩으로 싼 물건을 상자에 담아 팔레트에 옮겨 놓으면 누군가 지게차로 날랐다. 제법 무거운 상자도 있어서 때때로 애를 먹었다.

나는 마흔 살이고, 생산직으로도, 파견직으로도

일해 봤다. 이십 대에는 팔 년 넘게 사무직 정직원이었다. 몸도 편하고 마음도 편한 노동은 없다. 괴로움과 희열은 시간차를 두고 오는 인간의 본질적인 양가감정이다. 나는 세상 물정에 어둡지 않았다. 자조와 낙담을 문신처럼 새긴 건 아니었다. 영원히 거친 현장에 있진 않을 거였다. 요양원에 가야 했다. 밀린 병원비를 지불해야 했다. 각종 세금과 건강보험료도 납부해야 했다.

물건 찾는 업무는 피킹이라고 불렀다. 잔뜩 쌓여 있는 상자를 올렸다 내렸다 했다. 손목과 팔이 아팠다. 어깻죽지와 허리에도 무리가 갔다. 하루 종일 서 있어야 해서 다리도 쑤셨다. 앉을 데도 없었다. 잠깐 박스에 엉덩이를 걸쳤다가 의자에 앉아 있는 관리자에게 지적을 받았다.

긴 머리는 흘러내리지 않게 묶었다. 탈의실에 있는 머리망을 해도 되지만 다른 사람이 쓰던 거라 찜찜했다. 발목까지 올라오는 양말을 신고 밑창이 두꺼운 운동화 끈을 조였다. 작업 조끼 위에 팔토시를 하고 장갑을 꼈다. 점퍼를 입으면 덥고 벗으면 추웠다. 확 트인 창고는 넓어도 너무 넓었다. 열풍이

부는 곳을 알지 못했고, 있다 해도 갈 수 없었다. 나는 한기를 견디지 못하는 체질이었다. 겨울이면 손발이 따갑고 붉은 반점이 생겼다. 약사가 추천한 반신욕은 좀처럼 실천할 수 없었다. 남쪽이 그리웠다. 해 뜨는 동쪽으로 가고 싶었다. 내 그늘과 먼 쪽으로.

오전에 본 그 남자였다. 아까와는 다른 자리에 앉아 있었다. 내가 앉은 위치에서는 남자의 옆모습과 뒷모습이 반반씩 보였다. 시선을 아래로 향하고 있는 얼굴에는 여러 개의 선이 있었다. 잔잎사귀 같은 귀, 순한 짐승의 뿔 같은 코, 꼭 붙어 있는 입술과 둥근 턱, 앞으로 구부러진 목.

눈으로 더듬은 점, 선, 면 때문에 남자는 오전보다 훨씬 풍부하고 균형 있어 보였다. 남자는 지금도 혼자였다. 테이블에는 아침에 본 빨강이 아닌 두툼한 양장본이 놓여 있었다. 남자가 책을 읽기 시작하기 전에 말을 걸어야 했다. 나는 파우더룸의 바로크풍 거울 앞에 섰다. 소매 없는 하늘색 원피스에 비둘기색 카디건 차림이었다. 헤어밴드로 머리를 넘기고 립스틱을 덧발랐다.

날씨에 관해 가볍게 대화할 수 있으리라. 도시의 번화가와는 비교할 수 없는 공기, 맑은 하늘, 나긋 나긋한 바닷바람에 대해. 볼이 붉어졌다. 변신할 수는 없지만 가면은 쓸 수 있었다. 휴가 중이신가 봐요. 구름이 정말 환상적이에요. 전생의 하늘길까 지 되짚을 수 있을 만큼 길게 이어져 있어요.

희망의 밀실, 내가 있는 곳은 마술사의 매직박스 처럼 안전했다. 당황하셨다면 죄송해요. 걱정 마세 요. 조수도 미녀도 아니지만 저는 칼에 찔려도 죽 지 않는답니다.

집품은 도서관에서 책을 찾는 것과 비슷했다. PDA에 뜬 상품 번호와 동일한 물건을 꺼내 토트 라고 부르는 두 개의 바구니에 넣었다. 12시간 내 내 종종걸음쳤다. 제한 시간 안에 수백 수천 개의 물건을 구매해야 하는 벌을 받은 기분이었다. 토트 가 꽉 차면 컨베이어 벨트에 올렸다. 잰걸음은 괜찮 았다.

속도가 아니라 온도가 문제였다. A존과 B존, C 존을 왔다 갔다 해야 했다. C존은 영하 18도였다. 패딩을 입었다 벗었다 할 시간이 없어서 모자를 썼다 벗었다 했다. 턱과 볼, 손발이 땡땡 어는데도 C존에서 나오지 못할 때도 많았다. A존에 있는 화장실이 시베리아와 코리아의 거리만큼 멀게 느껴져 요의도 수시로 참았다.

나는 잔을 들어 물을 마셨다. 남김없이 마셨는데도 갈증이 가시지 않았다. 직원에게 물 한 잔을 더 부탁했다. 나는 계속 그 자리에 있었다. 남자는 홀연히 사라졌다. 담배 생각이 간절했다. 길게 몰아쉰 숨. 목구멍으로 들어온 연기를 몸 안에 퍼트리고 싶었다. 틀림없이 따듯해질 테니까. 그런데 그걸 어떻게 피우지? 나는 담배를 피워 본 적이 없었다.

직원이 물과 커피를 가지고 왔다. 왼쪽 가슴에 아크릴로 만든 이름표를 달고 있었다. 정직원이 아닌 실습생이었다. 평일 오후 두 시부터 여섯 시까지는 예비 호텔리어가 서빙을 했다. 입구에 있는 안내판에 학생들이 서툴더라도 양해를 바란다는 내용이 적혀 있었다.

커피잔을 내려놓을 때 실습생의 손이 조금 떨리나 싶더니 잔이 반쯤 기울어졌다 제자리로 돌아왔다. 커피가 흘러넘쳤고, 컵 받침을 적셨다. 도자기에 어두운 자국이 남았다. 예비 호텔리어는 재빨리 자신의 실수를 인정하고 사과했다. 새것으로 갖다주겠다고 했다.

아이씨. 나는 짜증을 냈다.

씨발, 이런 거 하나 제대로 못 해요?

실습생은 허리를 구부리며 용서를 구했다. 옷에 엎지른 것도 아니었다. 몸의 어딘가를 데인 것도 아니었다. 나는 필요 이상으로 화를 내고 있었다. 사람이 하는 일이다. 못할 것도 없다. 이 나이니까 할 수 있다. 지금이니까 할 수 있다. 이 악물지 않아도 된다.

바람을 쐬고 싶었다. 주머니에 차 키가 있었다. 드라이브를 하기로 했다. 히치하이킹을 하는 사람이 있으면 태워 주리라. 혼자 걷는 사람이 있으면 차를 세워 말을 걸리라. 액셀을 밟았다. 해변 쪽으로 차를 몰았다. 언덕 위에 차를 세우고 난간에 몸을 기댔다. 바다 위로 서서히 붉은 해가 잠기고 있었다. 해를 감싸고 있던 구름이 무지개색으로 물들었다.

해가 지는 건 순간이었다. 구름도 빛을 잃었다. 언덕을 내려갔다. 조약돌이 깔린 백사장에는 여행객이 거의 없었다. 산책하기에는 이르고, 물놀이를 하

이재은

기에는 늦은 시간이었다. 바다를 향해 앉았다. 남자가 다가오는 것을 보지 못했다.

구부정한 남자가 말을 걸었을 때, 나는 순간적으로 어깨를 움츠렸다. 놀라게 했다면 미안해요. 남자는 색 바랜 야구 모자를 눌러쓰고 있었다. 나는 대답하지 않았다. 뭐예요, 라든가 누구세요, 라고 묻지 않았다. 모래를 털고 일어나지 않았다. 자세를 유지하고, 바라는 건 바다뿐인 것처럼 굴었다. 나는 이방인을 경계하는 동시에 방관하고 있었다.

그가 거리를 두고 앉았다. 나는 그를 의식했고, 수염을 깎지 않은 얼굴이었다는 걸 기억해 냈다. 턱수염으로 멋을 낸 사람을 아름답지 않다고 여겨 왔지만 그에게는 잘 어울리는 것 같았다. 밉지 않았다. 같이 가지 않을래요? 고개를 돌리자 그가 나를 보고 있었다. 우리는 서로의 눈을 읽었고, 서로에게 눈을 들켰다.

우아한 뿔테 안경과 고급스러운 양장본의 조합은 내 것이 될 수 없음을 수긍했다. 나는 체념에 익숙했다. 뻔뻔을 가장했던 때가 언제였더라. 나는 수염과 나란히 걸었다. 그가 도어를 당겼고, 나는 조수석에 앉았다. 차는 구불구불한 해안도로를 달렸다. 바다 반대쪽에서 네온사인이 번쩍번쩍 불을 밝혔다. 백사장에서 오 분도 걸리지 않는 곳이었다.

신발을 벗자 객실이 한눈에 들어왔다. 샤워부스는 내부가 훤히 비치는 오픈 타입이었다. 나는 침대 앞에 섰다. 수염이 하는 대로 내버려 두었다. 내가 먼저 알몸이 됐다. 우리는 두 번 섹스를 했다. 원형 침대에서 한 번. 다리가 삐져나오는 이인용 소파에서 한 번. 그가 나의 등을 애무할 때 나는 수염이 따갑다고 얘기하지 않았다. 뻣뻣한 수염이 몸에 붉고 가는 자국을 남겼다. 나는 예민한 살갗을 가졌지만 수염에게 멈추라고, 아프게 하지 말라고 말하지 않았다.

헐떡임, 온통 뜨거운 온기였다. 살아 있었다. 저기요, 괜찮아요? 눈 좀 떠 봐요. 나는 내가 왜 거기 있는지 알고 있었다.

입맛도 없고 명치께가 아팠다. 꿈에서도 구토를 했다. 국숫발 같은 음식물이 계속 쏟아져 나왔다. 목 졸리듯 숨이 막혔다가 한숨 돌리면 견딜 만했다. 그만둘 수 없었다. 그 일을 멈출 수 없었다.

수염은 처음 만났던 자리에 나를 데려다주었다. 밤의 해변은 늦여름을 즐기는 사람들로 북적였다. 바다는 잔잔한 여백을 드러내고 있었다. 미세한 물결이 조용히 흔들렸다. 모래 위에 사람들의 발자국이 나타났다 사라졌다. 가까워졌다 멀어졌다.

수염이 캔 커피를 내밀었다. 손에 닿는 알루미늄 캔의 느낌이 좋았다. 모자 아래로 조각난 사슬 같은 웃음이 스쳤다. 나는 그의 뒷모습을 보지 않았다. 풀탭을 잡아당겼다. 달고 씁쓰름한 액체가 목 안으로 흘러들었다.

등을 돌렸다. 나는 바닷가와 점점 멀어지고 있었다. 길을 따라 걸었다. 눈물을 닦다가 콧노래를 불렀다. 멀리서 까마귀 울음소리가 들렸다. 건너편에 리어카를 끌고 오는 노인이 보였다. 노인은 힘겹게 허리를 펴며 건널목 앞에 멈춰 섰다. 신호가 바뀌었지만 나는 움직이지 않았다. 그녀가 건너오는 걸 지켜보았다.

엄마는 나를 알아보지 못했다. 어깨에 가만히 손을 올리고, 가는 길을 알려 달라고 했다. 어디로 간다고요? 나는 대답하지 않았다. 엄마는 굼뜨게 발을 움직였다. 내 목적지를 모르길 바랐고, 나는 엄마에게 따라오지 말라고 했다. 약한 말투와 몸짓이 서운하고 아쉬워서 엄마를 따라갔다. 엄마는 느렸고, 타이어도 엄마만큼 느렸다. 나도 그랬다.

누군가를 그리워하는 게 가당키나 할까. '하루, 이틀, 백 일, 천 일을 견디고 땀흘리고 싸우고, 잠깐의 승리에 목을 축이고, 다시 깊은 낭떠러지로 떨어졌던 자기 방해의 시간을 직면하라.'*

생각의 모서리, 밑줄 그은 말들, 외워 버린 문장은 한밤의 꿈처럼 잊기로 했다. 너무 멀리 와 버린 것 같았다. 전화벨이 울렸다. 부재중 전화 아홉 통. 저장하지 않은 번호였다.

* 개리 비숍, 『내 인생 구하기』(웅진지식하우스, 2020)의
  문장을 변용하였습니다.

이
재
은

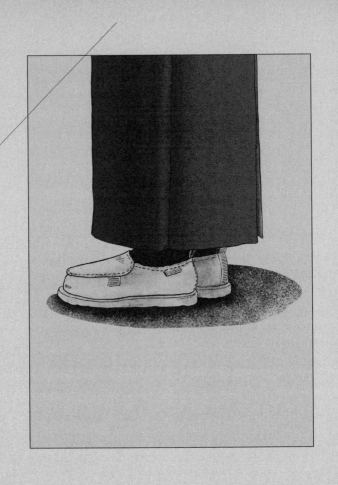

공기받기

밤톨만 한 공깃돌 다섯 개를 바닥에 뿌린다. 그 중 한 개를 위로 던져 올리고 방바닥에 있는 것 중에서 하나를 집은 뒤 내려오는 알을 붙잡는다. 손에 잡힌 두 개의 알 중 하나를 다시 던지고 또 하나를 줍는다. 네 번을 반복하고 이번에는 두 알을 한꺼번에 쓸어 모은다. 두 알 집기는 두 번에 끝난다. 세 알 집기는 세 알, 한 알을 따로 잡는다. 네 알은 비교적 쉽다. 마지막은 꺾기다. 다섯 알을 손등에 올린 뒤 공중제비하듯 손바닥을 둥그렇게 말아 공깃돌을 채어 잡는다. 네 알 이상 받지 못하면 기준 미달이다. 꺾기에서 얻은 숫자로 점수를 매긴다.

*

딸의 손을 잡고 간 문구점에서 여자는 투명 케이스에 담긴 공기를 발견한다. 진분홍, 보라, 초록색의 공기가 플라스틱 통에 담겨 있다. 어릴 때 여자는 공터에서 적당한 돌을 주워 공기놀이를 했다. 비슷한 크기의 돌멩이를 찾을 수 없을 때는 누군가 자기 집에 있는 바둑알을 가지고 나왔다. 둥글납작한 바둑알로도 기죽지 않고 실력을 뽐내는 아이들이 있었고, 여자도 그중 하나였다. 두 명 이상 모였을 때는 너도나도 여자와 같은 편이 되고 싶어 했다. 5의 배수로 높아지는 세월을 여자는 백 년, 천 년 얼마든지 올렸다.

아이는 색종이와 반짝이 풀, 스티로폼이 들어간 도톰한 스티커를 고른다. 엄마, 8색과 10색 중 어느 걸로 살까? 10색에는 두 세트 모두 금색과 은색 반짝이 풀이 들어 있다. 8색 세트에 없는 건 주황과 연초록이다. 여자는 가격을 비교한 뒤 노랑과 빨강, 초록과 파랑으로도 충분하다고 결정한다. 처음이니까 8색으로 할까? 이거 다 쓰면 다음에는 10색으로 사 줄게. 아이는 순순히 엄마의 의견을 받아들인다. 여자는 아이가 좋아하는 컬러링북도 계산대 위에 올린다.

이렇게 공중으로 던졌다가 바닥에 떨어지기 전에 손으로 받는 거야. 여자는 딸에게 공기놀이하는 법을 알려 준다. 공기는 전부 일곱 개다. 두 개는 케이스 안에 남겨 두고 다섯 개를 손에 쥔다. 아이는 자꾸만 두 손을 사용한다. 오른손으로 알을 던지고 왼손으로 다른 알을 낚아챈다. 상체가 허우적거린

이
재
은

다. 한 손으로 하는 거라고 알려 줘도 아이의 왼손은 가만있지 못한다. 오른손으로 던진 알은 수직으로 낮게 올라가지 않고 하늘을 찌를 것처럼 발사된다. 알은 사십 도 방향으로 빗나간다. 아이의 헛손질이 우습기도 하고 귀엽기도 하다.

케이스를 열어 아이에게 남은 두 개를 건네고 여자는 다섯 개로 공기받기를 한다. 쌀을 씻고 속옷과 양말을 비벼 빨고 바코드 스캐너를 손에 쥐고 숫자 키를 두드리는 손과는 다른 손이다. 알은 툭툭 바닥으로 추락한다. 몇 번이나 시도해 보지만 여자는 알록달록한 밤톨을 어릴 때처럼 손에 넣지 못한다. 한 알 집기에서 네 알 집기까지 한 번에 성공하지 못한다. 꺾기 차례에서 손등에 올려진 공깃돌을 내려다보다가 여자는 오른손에 힘을 푼다. 손가락 사이로 알이 떨어진다.

주름으로 가득한 손이 낯설다. 왼손도 마찬가지다. 손에는 실반지 하나 끼워져 있지 않다. 아이가 던진 알이 여자의 정수리에 떨어진다. 여자는 사방으로 뻗어 나간 아이의 공기를 줍는다. 저녁 먹게 손 씻어. 일곱 개의 알을 통에 집어넣고 뚜껑을 닫는다.

여자는 오랫동안 주안공단에서 근무했다. 최저임금을 받으며 12시간씩 일했는데 단순 업무라 지겨웠고 다른 일을 해 보고 싶었다. E마트에서 캐셔를 뽑는다기에 호기심에 이력서를 냈다. E마트는 떨어지고 함께 지원한 H마트는 합격했다. 고객에게 무시당하지 않으려고 지폐 세는 법을 연습하고 숫자 키를 두드리며 속도를 높였다. 여자는 노력했지만 입사한 뒤에야 자세히 알게 된 근무 조건에 좌절했다.

노동법에 따르면 8시간을 계약한 노동자는 7시간 근무 후 1시간은 유급 휴식을 가져야 했다. 한시간을 쉬게 하고 8시간의 급여를 주기 싫었던 H마트는 점오 계약을 했다. 7.5시간의 급여를 책정하고 그사이 30분을 쉬게 한 다음 퇴근시키는 것이다. 여자는 노조에 가입했다. 조합원들은 점오 계약 폐지를 요구하는 플래카드를 걸었고, 진통 끝에 8시간 근무제로 바뀌었다.

일은 고됐지만 동료들과의 술자리로 버텼다. 동

이
재
은

갑 모임, 별자리 모임, 지역구 모임, 오픈 멤버 모임 등 다양한 친목 모임이 있었다. 고객에게 받은 스트레스를 동료와 풀었다.

딸이 태어난 뒤 여자는 자정 마감조에서 10시 반 출근, 19시 퇴근으로 근무 시간을 바꿨다. 아이가 일곱 살이 되면서 도우미의 손을 빌리지 않고 혼자 키웠다. 코로나 확산기에 휴원했던 어린이집이 A조와 B조로 등원을 개시했지만 아이가 포기했다. 집에 두고 나올 때마다 마음이 아프지만 눈치 빠른 아이는 엄마를 힘들게 하지 않았다.

의자를 밟고 위에 올라가면 안 돼. 밖에 나가도 안 되고. 문 두드리는 소리가 들려도 놀라지 마. 벨이 울려도 울지 말고 기다려. 가스는 절대 켜면 안 된다. 전자레인지도 조심하고. 추우면 이불 속에 들어가거나 욕실에서 뜨거운 물로 살살 손을 닦아. 여자는 틈틈이 아이에게 전화를 걸어 목소리를 들었다. 화장실에서 휴대전화로 귀를 막고 소곤거렸다.

딸애 생사 확인한 거야? 청소 여사님의 말이 농담인 줄 알면서도 생사라는 단어에 심장이 철렁 내려앉았다. 문자 보내는 법을 터득한 아이는 이제 '엄마 사랑해♥♥♥' 메시지를 보낸다.

어떤 고객은 웃지 않는다고 화를 내고, 또 다른 고객은 웃는다고 화를 냈다. 어떤 고객은 손님이 줄을 섰는데도 자신이 벨트 위에 물건을 다 올려놓으면 그때부터 바코드를 찍으라고 했다. 카트를 주차장까지 끌어 달라고 요구하는가 하면, 차례가 아닌데도 손님들 사이를 비집고 들어와 물건을 내미는 이도 있었다. 내가 본 가격과 다르다며 영수증이 잘못됐다고 우기는 사람 앞에서 여자는 2초쯤 침묵했다. 바로 대답했다가는 '네가 당장 확인해 보면 되잖아' 삿대질 당하기 일쑤였다. 결과는 뻔하지만 2초 동안 고요를 유지하면서 상대가 맞을 수도 있다는 여지를 주었다. 영수증에 찍힌 정보가 오류로 판명된 적은 없었다. 여자는 결혼 전에도, 결혼 후에도 '저기요' 또는 '아줌마'로 불렸다.


딸아이가 들어갈 학교에서 공문이 온다. 2021학년도 신입생 예비소집일 안내문이다. 소집일은 단 하루, 평일 오후다. 거리두기 지침에 따라 예비소집을 시간대별로 분산 운영한다고 적혀 있다. 구(舊) 주소인 동과 통으로 나눠 총 세 개 반, 여섯 개 타임으로 일정이 짜여 있다.

여자의 주소지에 해당하는 시간은 14시부터 15시 30분까지, 접수 장소는 1학년 1반이다. 자녀와 함께 참석이 어려운 경우 화상통화(학생과 직접 통화)를 진행합니다. 위 시간에 방문이 어려우신 학부모님들은 19시까지 교무실로 와 주시기 바랍니다. 여자는 안심한다.

다음 날 여자는 자신과 교대할 사원에게 30분 일찍 근무를 부탁하고 상사에게도 양해를 구한다. 소집일, 여자는 유니폼을 갈아입자마자 마트를 나와 택시를 잡는다. 집에 들러 아이를 데리고 갈 여유는 없다. 선생님과의 만남은 화상통화로 하기로 한다. 학교에 도착하니 19시 10분 전이다. 정문에서 여자의 입장을 제지한 남자가 어디 가시냐고 묻고 여자는 예비 학부모라고 대답한다. 남자는 상냥하게 교무실의 위치를 알려 준다.

교무실에 들어서자 삼각형 모양으로 떨어져 앉은 세 사람이 동시에 여자를 쳐다본다. 용건을 파악한 여선생 한 명이 여자에게 다가온다. 여자는 가방에서 휴대전화를 꺼낸다. 아이가 잘 있다는 걸 서둘러 보여 주고 싶다. 자신의 아이는 안전하며, 건강하고, 살아 있다는 걸 증명하고 싶다.

아이는 금방 전화를 받는다. 입가에 아이스크림 자국 같은 건 묻어 있지 않다. 머리는 조금 헝클어졌지만 티셔츠도 제대로 입고 있다. 여선생은 손을 흔들며 아이에게 인사하고 아이의 이름을 묻는다. 요즘 어때요? 잘 지내요? 오랜만에 만난 먼 친척처럼 다정하게 아이를 반긴다. 선생은 입학식 날짜를 알려 주면서 궁금한 게 있으면 언제든 전화하라고 한다. 여자는 선생이 건넨 흰 봉투를 받아 집에 온다.

초등학교 입학 전에 준비해야 할 것을 인터넷에 검색해 본다. 최상단에 '예비 초등생이 지켜야 할 일'이라는 제목의 포스팅이 뜬다. 정해진 시간 내에 밥 먹기, 스스로 공부하기, 스스로 잠자기, 어른들 말씀 잘 듣기, 밥 먹고 바로 양치질하기, 물 자주 마시기, TV 조금만 보기, 운동하기. 여자는 자신의 아이를 떠올리며 미간을 찌푸린다. 이 중 어떤 것은 괜찮고 어떤 것이 부족한지 가늠할 수 없다. 가방, 학용품, 물통, 실내화 같은 물건이 아니라 습관과 태도를 캐치하게 된 것이 당황스럽다.

여자는 흰 봉투에서 서류를 꺼내 아이 앞에 놓는다. 아이에게 자신의 이름을 손수 적게 한다. 아이는 선 그리듯 획을 하나하나 이어 세 글자를 완성한다. 아이는 한글이 서툴다. 퇴근 후 저녁을 먹고, 청소와 세탁 등을 마친 뒤 아이와 마주 앉아 가갸거겨를 읊은 지 얼마 되지 않았다.


출근하자마자 여자는 사무실로 불려 간다. 자리로 돌아온 여자는 떨리는 손을 진정시킬 수 없다. 수전증에 걸린 것처럼 오른손이 덜덜 떨린다. 엄지손가락도 제멋대로 움직인다. 나무를 쪼는 딱따구리 같다. 비밀을 강요하듯 왼손으로 오른손을 꽉 쥐어 본다. 아직 벨트에 물건을 올려놓는 손님은 없다. 여자는 두 손을 모아 가슴에 대고 심호흡을 한다. 옆자리 동료에게 들릴 정도로 크게 날숨을 내뱉는다.

미스터리 쇼퍼였다. 존재하지만 존재하지 않는

사람들이 여자를 낙인찍었다. 마트에서는 수시로 미스터리 쇼퍼를 뽑아 불시에 내보냈다. 손님이 몰리는 주말일 때가 많았다. 그들은 매장의 분위기와 판매 기술을 파악하거나 점원의 친절도를 평가했다. 일반 고객처럼 마트를 방문해 물건을 사는 손님이면서 동시에 내부 모니터 요원 역할을 했다.

H마트에는 '친절 7대 용어'가 있었다. "물건은 두 손으로 찍는다, 밝은 음성으로 고객맞이 인사를 한다, 고객에게 말할 때는 시선을 마주한다, 눈으로 웃는다" 등이 포함된 업무 지침서다. 미스터리 쇼퍼는 친절 7대 용어를 '테스트하듯' 점원에게 적용할 거였다. 하나라도 걸리면 체크를 당하게 돼 있었다. 여자는 어제, 그제, 그리고 지난 주말을 되돌아본다. 자신이 언제 어떻게 행동했는지 기억나지 않는다.

최근 2주 동안은 더할 수 없이 평온하다고 생각했다. 소위 진상 고객과 부딪히지 않았다는 게 신기했다. 여자가 떠올린 수수께끼는 미스터리 쇼퍼가 아니라 '친절이 친절로 돌아오는 평온한 직장 생활'이었다. 이렇게 미스터리 쇼퍼에게 찍힐 줄 몰랐다.

관리자는 감봉 운운했다. 구체적인 지적 사항은 말해 줄 수 없지만 한두 건이 아니라고 했다. 그렇게 '큰일'이 있었다면 마음에 걸리는 덩어리 같은 게 있어야 하는 것 아닌가. '아차' 하는 깨달음이 입술을 잘근거리게 했어야 하는 것 아닌가. 여자는 분하고 억울한 마음이 든다.

점심시간, 도시락을 앞에 두자 숨이 막힌다. 금방이라도 내장을 게워낼 것 같은 상상 구토에 어지럼증이 인다. 여자는 오줌을 싸면서 까 먹은 초콜릿 한 조각과 사탕 두 알로 오후를 버틴다.

어떤 날은 아이들이 주워 온 돌멩이가 스무 개나됐다. 다섯 개만 골라서 공기놀이를 할 수도 있고, 편을 나눠 각자 판을 벌릴 수도 있었지만 아이들은 한 팀을 고수했다. 세 명이든 네 명이든 머리를 맞대고 앉아 돌멩이를 갖고 놀았다. 스무 개를 전부 공중에 치뜨리고 가장 많이 받아 내는 사람이 일등이 되거나 두 개를 던지고 세 개를 집는 규칙을 만들기도 했다. 위에서 돌멩이를 떨어뜨려 땅에 있는 돌을 조준해 맞추거나 선을 그어 놓고 손가락으로 돌을 튕겨 그 길이로 점수를 매기기도 했다. 이따금 뾰족한 돌에 상처를 입기도 했지만 아이들은 대수롭지 않게 생각했다.

아이들은 언제나 함께였다. 자신이 딴 공기 수대로 진 사람의 손목을 때리는 법칙을 정하기도 했지만 누구도 죽자고 덤벼들진 않았다. 그러나 여자에게도, 여자의 아이에게도 더불어 놀 친구가 없었다. 두 사람에게는 두 사람만이 유일한 가족이고 친구였다.

봐봐, 엄마. 나 좀 봐봐, 엄마. 나 잘하지? 민아 잘하지? 엄마랑 하려고 매일매일 공기놀이 연습했어.

아이는 한 알을 던져 한 알을 집을 줄 안다. 손에 쥔 두 알 중 한 알을 왼손으로 옮겨놓고 한 알로 다시 한 알을 집는다.

오, 잘하네? 멋지다, 우리 딸. 여자는 아이의 머리를 쓰다듬는다.

공기에 빠져 있을 때면 시간 가는 줄 몰랐다. 꽁기 안 치울래? 그놈의 공개 좀 그만해. 여자의 엄마는 자주 잔소리를 했다. 공개라고 했다가, 꽁기라고 했다가 농사와 집안일로 엉덩이 붙일 틈 없이 바빴던 엄마는 여자의 일상을 못마땅해했다. 그런 거 그만하라고 했지? 마당 가서 소쿠리 좀 가져와. 엄마는 여자의 머리에 알밤을 쥐어박았다.

엄마 해 봐. 나랑 같이 해, 엄마.

아이가 조른다. 여자는 아이 앞에 앉아 공깃돌을 집는다.

다섯 개를 오른손에 꼭 쥐어 보지만 좀처럼 공중에 펼칠 수가 없다.

* 『인천의 전통놀이』(인천문화재단, 2011) 중 '공기' 편을 참고했습니다.

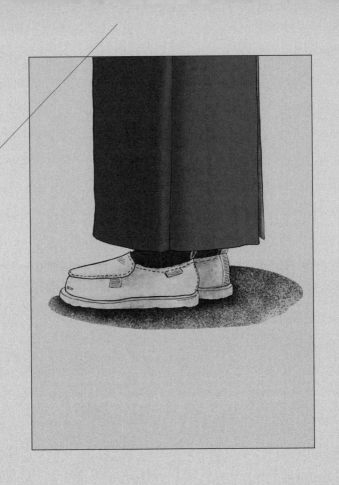

나비 날다

이름으로 삶을 펼치고 싶어서 '청산별곡'으로 활동명을 지었다. 지은이와 발표 시기를 알 수 없는 고려가요. 절망에 싸여 있으면서도 희망을 꿈꿨던 이름 없는 자의 노래. 얄리얄리 얄랑셩 얄라리얄라.

강원도에서 환경운동을 했다고도 하고, 충청도에서 도자기를 구웠다고도 하고, 전라도에서 연극을 했다고도 했다. 서른아홉에 고향에 돌아와 책방을 꾸렸고, 나눔과 비움이 날아든다는 의미의 '나비날다'로 간판을 달았다.

나비날다 책방은 배다리 헌책방 거리에 있었다. 사십여 년간 명맥을 이어 온 책방 거리는 부수고 없애야 할 곳이 아니라 가치를 보존해야 하는 곳이었다. 주차장보다 사랑방이, 복합 커뮤니티센터 설립보다 저층 상가지구 개선이 절실했다. 주민들은 개발의 반대편에서 똘똘 뭉쳤고 마을에 무슨 일이 생기면 청산은 어디든 갔다. 무너진 담 쌓기, 나대지 풀 뽑기, 안심귀가 수호천사 되기.

청산이 외출하면 나비날다는 자연스럽게 무인 책방이 됐다. 사람은 없어도 고양이는 있었다.

나는 특유의 냄새와 듣기 좋은 의성어로 방문객

을 맞았다. 몸을 가누는 자세와 다정하게 꼬리 치는 태도로 손님을 감동시켰다. 사람들은 모두 나를 반겼다. 늘 문이 열려 있었으므로 주민들은 볼일이 없는데도 책방에서 잠깐 쉬었다 갔다.

'사람 없음'을 악용하는 사람도 있었다. 냉장고에서 멋대로 음료수를 꺼내 먹고, 책을 훔치고, 진열대의 물건을 슬며시 가방에 넣는 바늘 도둑들. 책상 위에 있던 청산의 신형 노트북을 슬쩍한 소도둑놈은 잡지 못했다. 도둑 잡기 실패로 주저앉았다가도 청산은 다시 일어났다. 나비날다 책방을 메인에 두고 예술가와 시민의 아지트가 될 문화빌라 개관을 꿈꾸는 등 지치지 않고 움직였다.

나는 종종 누르끄름한 얼굴로 앉아 있는 청산을 위로했다. 몸을 가누는 자세와 꼬리 치는 태도로. 특유의 냄새와 기분 좋은 의성어로. 불안과 초조, 조급함을 감춘 동물의 본성을 타고난 나는 존재가 곧 축복인 고양이었다.


청산은 누구보다 나를 아꼈고, 야옹

책방에 오는 손님들도 나를 반겼다. 야아옹

이
재
은

파견작가 J가 책방에 자주 드나들기 시작하면서 나의 천국에 균열이 생겼다. J는 나와 자기 사이에 불호(不好)의 금을 그었다. 다정하게 내 이름을 부르거나 예쁘다고 말하지 않고, 머리 뒷부분이나 엉덩이를 쓰다듬지도 않았다. 묘생(猫生) 이래 J만큼 나를 무심히 대한 인간은 없었다.

집사가 되길 바란 적 있느냐는 청산의 물음에 J는 단호하게 없다고 했었다. 똥 치우기 싫어서라거나 알레르기가 있어서라고 대답했더라면 이해했을 텐데,

나 하나도 챙기기 힘든데 누굴 돌봐요.

돌본다고? 서로 기대며 사는 거지, 뭔 소리야.

별로예요. 개나 고양이랑은 엘리베이터도 같이 안 탄다고요.

J가 덧붙였다. 이 말은 좀 심한데?

평소에는 얌전하다가도 J만 오면 나는 그녀의 가방에 올라앉고, 연필이 담긴 유리병을 쓰러트리고, 까만 꼬리로 J의 볼과 팔을 건드렸다. 두고 보자는 심정이었다. 안 볼 거야? 이래도 나를 보지 않을 거야?

저리로 가 줄래?

J는 단호했다.

*

봄날의 일이다.

책방에 도착한 J는 매대에 놓인 책을 들었다 놨다 하며 분주하게 돌아다니더니 어딘가로 전화를 걸었다. 아, 그럼 어쩔 수 없죠. 다음에 봬요. 나는 갸르릉 소리도 내지 않은 채 식빵 자세를 하고 있었다.

어디 있니, 까뮈? 여기 있구나! 으레 나를 찾아 애정을 표하는 단골들과 달리 J는 그날도 나를 본체만체했다.

그런 J가 내게 다가오더니 나를 번쩍 들었다. 순식간이었다. J의 손이 악마의 집게처럼 나를 꼬집었다. 죽을래? 손 놔 볼까? 나는 몸뚱어리에 바짝 힘을 주었다. J는 의자를 밟고 테이블 위로 올라갔다. 손 놓을까? 놔?

청산은 왜 그렇게 너를 사랑하니? 너만 사랑하

이재은

니? 왜 자꾸 약속을 어기니? 내가 우습니? 너도 내가 우습니? J의 열 손가락에서 찌릿, 살기가 전해졌다. 목을 조르면 어쩌지? 나도 모르게 몸을 떨었다. 우니? 불쌍해? 난 내가 하나도 안 불쌍한데.

그때 문 열리는 소리가 나고 인기척과 함께 주렴이 걷혔다. J는 얼른 나를 잡고 있던 손을 풀었다.

편하게 구경하세요.

엉거주춤 테이블에서 내려오며 방문자에게 인사했다. 아무 일도 없었던 것처럼.

스쳐 지나가는 이방인에게는 적의(敵意)를 변명하지 않아도 된다는 듯이.

*

여름에는 이런 일이 있었다.

파견작가와 함께 하는 책띠 만들기에 참여자가 없었다. 신청한 사람이 있었지만 나타나지 않았고, 두 명 모두 전화를 받지 않았다. 파견작가 프로그램은 한국작가회의에서 주관한 작은 서점 지원사업 일환이었고, 실행에 따른 보고서를 제출해야 했다. 청산은 조금 기다려 보자고 했고, 정 안 되면 자기랑 둘이 하면 된다고 했다. J는 노랑, 분홍, 하늘색 켄트지와 가위, 마스킹테이프와 각종 스티커, 12색 네임펜과 색연필 등을 헝클어뜨렸다가 다시 착착 정리했다. 몹시 착잡해 보였다.

J의 눈에 띄고 싶지 않았던 나는 청산의 다정한 부름에도 응하지 않고 소파에 엎드려 있었다.

삼십 대로 보이는 남녀 커플이 책방에 들어왔다. 공간을 둘러보던 그들은 덩치 큰 초콜릿색 고양이를 발견하자마자 탄성을 지르더니 반사적으로 핸드폰을 꺼내 연신 카메라 버튼을 눌렀다. 아유, 어머, 오호롱.

여자가 여러 각도에서 나를 찍고, 남자가 그런 여자와 고양이를 찍고, 연인이 자신들과 나를 한 프레임에 넣은 셀피를 완성한 뒤에야 책방이 조용해졌다. 매대의 책은 보는 둥 마는 둥, 커플은 냥이 배지, 냥이 스탬프, 냥이 엽서, 냥이 쿠션, 냥이가 프린트된 에코백을 구경하고 가 버렸다.

준비한 건 해야죠.

J는 추천사를 종이에 적어 『거지 소녀』에 둘렀다.

로즈와 그녀의 새엄마가 플로가 등장하는 열 편의 단편 소설은 장편처럼 읽히기도 합니다.

사랑에 관해서라면, 이런 문장이 책 속에 있습니다.

"시작되고, 커져 가고, 흐르는 사랑."

"높은 파도, 잊을 수 없는 바보짓, 갑작스러운 홍수."

삶에 관해서라면, "생존법을 배우는 것은 비참하게 사는 것과는 다르다. 그러기엔 너무 흥미롭다."는 문장을 소개하고 싶네요.

청산은 걸려 오는 전화를 받느라 프로그램에 집중하지 못했다. 그러다 갑자기 책방을 나갔다. J와 나, 단둘이었다.

J는 긴 머리를 왼쪽 귀밑으로 쓸어내린 뒤 종이를 자르고 작성해 온 문구를 옮겨 적는 등 책띠 제작에 열심이었다. 미니 에어컨 작동음이 백색소음을 만들었다. 위잉위잉.

스르르 눈이 감겼다.

위

잉

위

잉

목이 막히는 느낌에 번쩍 눈을 떴다. J가 가위로 내 목을 찌르고 있었다. 차가운 쇠가 점점 깊숙이 박히는 것 같았다. J가 손가락을 벌렸다 오므리면 가윗날에 목이 잘리고 말겠지. 붉은 피를 흘리며 죽어 갈 거야.

책방은 책을 사고파는 곳이고 다양한 문화예술 강좌로 시민과 만나는 곳이지 고양이를 구경하는 곳은 아니잖아. 안 그래? 책이 아닌 너에게 반한다는 게 말이 돼? 문을 열고 들어오자마자 정성 가득한 책띠에 놀라고, 문장에 반하고, 책에 홀려야 하잖아. 작가를 만나고 그가 그려 낸 세계에 빠져들어야 하잖아. 손님들이 책방에 와서 문학이 아닌 동물에 사로잡히는 게 진짜 어이가 없다고!

빳빳하게 털이 곤두섰다. 꼬리가 탱탱하게 부풀어 올랐다. 상황을 주시하며 뒷걸음질 치는데 순간 발이 쑥 빠지더니…… 절벽에서 낙하하는 것 같은…… 주변이 암흑처럼 캄캄해지고…… 거기가 몇 층이었지? 몇 층에서 떨어진 거지?

나는 재빨리 몸을 비틀어 팔다리를 펼쳤다. 면적

을 크게 해 바닥에 닿는 저항력을 낮췄다. 어정쩡한 높이에서는 자세를 잡기 어렵지만 7층 이상이라면 괜찮았다. 나는 두 다리를 모아 무사히 착지했다. 그래도 추락은 추락이니까…….

한참 숨을 헐떡이다가 고개를 들자 수십 개의 고양이 눈이 나를 쳐다보고 있었다.

나는 기즈모, 나는 뮤, 나는 니체, 나는 또롱이야. 전생(前生)의 '나'들이 유령처럼 나타났다 사라졌다.

그 후로 나는 여덟 번을 더 죽었다.

*

2042년 가을, 나는 책 읽어 주는 로봇캣 나비 NB561115로 환생했다.

나비는 무수히 복제되었다. 출시 첫해에 3만 대가 팔렸다. 꾸준히 책의 종말이 언급됐으나 세대를 달리한 애독자들은 죽지 않고 살아 있었다. 사람들은 눈으로 읽는 만큼 나비를 소유해 '귀'로도 책을 들었다.

나비는 집사의 목소리를 낭독자로 설정할 수 있었다. 회사가 요구하는 몇 가지 질문에 대답하면 음색을 분석해 등록해 주었다. 사람들은 자기 목소리를 가장 편안하게 느꼈다. 시도니 가브리엘 콜레트와 버지니아 울프 등을 들으면서 본인이 특별한 존재가 됐다고 믿었다. 『1인가구 특별동거법』은 독신자에게 한결같이 사랑받았다.

반려 모드를 설정하면 나비는 스스로 움직였다. 사람들은 나비를 쓰다듬거나 품에 안는 손짓에서 기쁨을 느꼈다. 기지개를 켜고, 점프하고, 배를 까뒤집는 나비의 몸짓에 감동했다. 3세대, 4세대로 업그레이드되며 가족들의 목소리가 추가되었고, 외부 자극에 따른 몸의 컬러도 화려해졌다. 나비는 환경이나 온도에 따라 미묘하게 색이 변했다. 동물의 털이 손결에 쓸릴 때 연했다가 진해지는 바로 그 모양새였다. '동물적'인 행동과 촉감에 대한 반응을 실감 나게 재현한 것이 중요한 판매 전략으로 꼽혔다.

문화인이라는 걸 보여 주려고 책 읽어 주는 로봇 캣을 샀다가 금세 즐거움을 잃고 창고에 처박아 두거나 중고 마켓에 팔아 버리는 청년들도 있었다. 집

이재은

사와의 관계는 '고양이'일 때보다 끈끈하지 않았지만 로봇캣의 등장과 성장은 반려로봇 시대의 사회 현상을 잘 보여 주었다.

그리고 나는 21년 만에 J와 조우했다. J는 4세대 프로인 나비를 주문했고, 하루 만에 NB561115 코드가 부여된 나를 받았다.

파견작가였던 J를 기억하고 있었으므로, 나를—아니, 고양이였던 까뮈를—괴롭혔던 J를 잊지 않고 있었으므로, 반려 기능보다는 오디오북 플레이에 반해 나를 구입했을 거라고 짐작했다.

나의 예상은 틀렸다. J는 반려 스위치를 끄지 않았고 그 옛날 책방을 방문한 커플이 그랬던 것처럼 아유, 어머, 오호롱, 야단스럽게 나를 아꼈다. 옥수수 알갱이가 잔뜩 낀 이빨 새로 감탄사가 삐져나오는 것처럼 쉬고 탁한 소리였지만 놀랍게도 친애의 음성이었다.

J의 집은 크지 않았다. 가구는 서로 어울리지 않는 듯했지만 개성 없는 물건은 아니었다. 하얀 책장에 반듯하게 책이 꽂혀 있고 벽에는 미술 작품이

걸려 있었다. 독서용 의자와 소파는 하나였다.

예순다섯인 그녀는 혼자였고, 내가 필요했다. 나를 스마트폰과 연결해 '1인가구 건강 센서'를 작동시켰다. 스마트 베개나 스마트 밴드 대신 로봇캣을 선택한 것이다. 나와의 접촉은 모두 기록돼 지역 복지센터로 전송됐다. 심박동, 심전도, 혈압, 혈중 산소 함량 등이 측정됐다.

그녀의 생존법에 내가 포함돼 있다는 게 이상하고, 흥미롭고, 좋았다.


J는 나를 어디든 데리고 다녔다. 나는 그녀의 외출용 캣백에 쏙 들어갔다.

주행거리가 길다 싶었는데 도착해 보니 나비날다 책방이었다. 놀랍게도 책방은 여전히 그 자리에 있었다. 일흔다섯의 청산도 그곳에 있었다. 머리카락이 하얗게 세고 주름이 배는 늘었지만 예전 모습 그대로였다. 가을이면 목에서 떨어질 줄 몰랐던 보라색 스카프를 트레이드마크처럼 하고 있었다. 청산만큼 나를—고양이였던 까뮈를—맹목적으로 사랑해 준 사람은 없었는데…… 선명한 그리움이 몰려

이
재
은

왔다.

켜켜이 쌓인 먼지 냄새와 야릇한 곰팡내가 진동
하는 책방에서 두 사람은 버터 쿠키를 씹고 천천히
차를 마셨다. 예전에는 깍듯하게 청산님, 작가님이
라는 호칭을 썼는데 이제는 언니와 J였다.

까뮈가 갑자기 사라지고 다른 고양이를 입양하
지도 않았잖아요. 까뮈 있을 때는 참 자비가 넘친다
고 생각했는데 그런 거 보면 독해. 언니는 까뮈가 그
렇게 좋았어요?

내 자식이었지. 늙는 것도 못 보고 작별 인사도 못
했는데 어떻게 잊어. 실종이 더 무서운 거야. 금방
돌아올 것 같거든. 내가 여길 왜 못 떠났게?

청산은 다시 한 번 나를 경외의 눈으로 바라봤다.

똑같네, 우리 까뮈랑 똑같아.

말했잖아요, 옛날 생각난다고.

두 사람의 손길에 나는 포르르 몸을 떨었다. 얄리
얄리 얄랑셩 얄라리얄라.

관계의 외로움을 토로하고, 우울과 수치심을 내
게 투영했던 나날.

그들이 절벽에 대고 소리쳤던 메아리가 나를 다

시 이 세상으로 끌어당긴 건 아닐까.

　둥둥둥, 인연의 북소리는 사라지지 않는다.


　사랑에 관해서라면, 어떤 이는 누군가 자신을 속속들이 알려고 할까 봐, 뭘 알려 줘야 할지, 어떻게 알려 줘야 할지 방법을 깨닫지 못해서, 주뼛거리고, 그렇게 혼자가 된다.

　삶에 관해서라면, 독거(獨居), 고독한 혼자 살기가 동정받아야 할 경지는 아니라고 항변해도 될지.


　나비야, 그들이 불렀고,

　내 키의 다섯 배 높이로 뛰는 건 문제 없다는 듯 나는 펄쩍 수직으로 날았다.

이
재
은

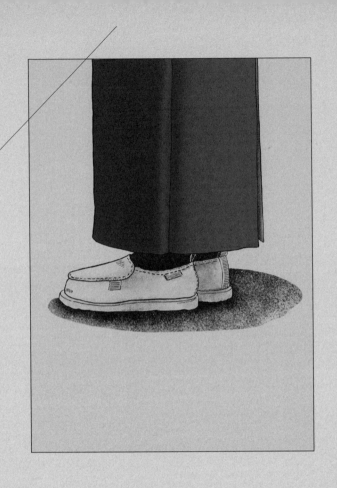

온라인 수업

1

서현은 전자책보다 종이책을 선호하고 PDF 파일을 전부 출력해서 읽는 '아날로그파'다. 유튜브와 브이로그에 관심 둔 적도, 유심히 본 적도 없다. 시대 흐름을 알지만 파도 위에 배를 띄울 계획은 아직 없다.

"안녕하세요. 한국예술교육지원센터 생활문화동아리 사업 담당자입니다. 수도권 지역의 코로나19 확진자가 급증하고 있습니다. 전염병 확산 방지를 위해 각 동아리의 대면 활동 중단을 요청드립니다. (중략) 강사님들께서는 계획한 프로그램을 전면 비대면으로 전환해 주시기 바랍니다."

서현은 메일 창을 한참 들여다본다.

그만둘까.

폐가 팽창하듯 부풀어 올랐다가 크게 꺼진다. 들숨과 날숨을 반복한다.

서류 작성에 들인 시간, 면접 전후의 긴장과 안도가 떠오른다. 강사비도 포기할 수 없다.

커리큘럼을 새로 짜는 데 꼬박 이틀이 걸린다.

서현은 P시에 있는 엄마에게 온라인 수강을 권한

다. 만만한 사람이라도 끌어들여 폐강을 면하고 싶다. 그녀의 권유에 엄마는 배움이 짧은 내가 그런 걸 할 수 있겠느냐고 묻는다. 기초 강좌이므로 엄마가 두드러질 일은 없다. 매주 목요일 오전 11시, 초심자를 위한 글쓰기는 총 8차시로 진행된다.

문장은 느리고 문장은 빠릅니다. 문장은 화를 내고 문장은 웃습니다. 어떤 문장은 따뜻하고 어떤 문장은 오싹해요. 글을 잘 쓰는 사람은 타인과 소통할 수 있는 자격을 갖춘 재주꾼이에요. 자기 문장에 욕심내기 전에 사회문화적인 맥락에서 언어가 어떻게 소비되고 이해되는지 알아야 해요.

'기억하겠다'와 '잊지 않겠다', '하겠어요'와 '하지 않을 수 없겠어요'가 어떻게 다를까요? '나는 밤을 좋아한다.'와 '나는, 밤을, 좋아한다.', '나, 는, 밤, 을, 좋, 아, 한, 다.' 또 '나는 밤을 좋아한다!'는 화자의 어떤 성격과 감정을 나타낼까요?

단어의 기본적인 속성과 거리가 먼 표현을 떠올려 보세요. 예를 들어 고등어라면 고등어는 등 푸른 생선이다, 고등어는 비리다보다 어제 빗소리에 잠에서 깼는데 고등어 굽는 소리였어, 라고 적는 게 흥미롭습니다. 친구 고동식의 별명은 고등어였다, 도 괜찮죠.

수강생들에게 십 분 휴식을 권한다. 다른 이들은 모두 화면 밖으로 사라졌는데 엄마만 노트북 앞에 앉아 있다. 돋보기안경도 벗지 않은 채 모니터를 정면으로 응시하고 있다. 서현은 음소거를 해제한다.

정영자 님, 스크린 하단 왼쪽에 비디오라고 써 있는 거 보이시죠? 그거 누르면 얼굴이 가려져요. 오디오도 꺼 놓고 좀 쉬세요.

엄마는 괜찮다고, 하나도 힘들지 않다고 한다.


서현은 수업이 끝나자마자 엄마에게 전화한다.

어땠어? 들을 만했어?

강의는 처음이 아니지만 온라인 수업은 처음이다.

잘하더라.

서현은 고비를 깡충 뛰어넘은 토끼처럼 안심한다.

근데 내 수준에서는 좀 어려웠어.

뭐가?

ㅠㅠ와 ㅜㅜㅜㅜ를 어떻게 사용하냐고, ㅋ와 ㅋ

ㅋㅋ가 적힌 메시지를 받았을 때 어떤 기분이냐고 물었잖아. 머릿속이 하얘지더라고. 생각해 본 적 없었거든.

귀 기울이고 있는지, 지루해하고 있지는 않은지, 잘 따라오는 눈치인지 확인한다. 노트북 옆에 휴대용 모니터를 나란히 놓고 수강생들의 표정을 본다. 미간에 힘이 들어가 있는 면면에는 의견을 요하는 질문을 삼간다. 긴장한 티가 역력한 얼굴에는 눈으로 읽기만 하면 되는 텍스트 낭독을 부탁한다. 서현은 소외되는 사람 없이 수업에 참여시킨다.

모두 목소리를 내고, 모두 다른 사람의 목소리를 들을 것.

목소리. 그때 서현은 어떤 목소리를 갖고 있었을까. 어떤 음색이었기에 심사위원들이 서현의 울림을 들었을까. 항상 목소리를 내 왔지만 오랫동안 선택받지 못했다. (일기 같은데? 이게 에세이지 소설이야? 대화 빼고 지문을 더 넣어야지. 비유에 한 방이 없군. 문학은 은유인데 말야. 실제를 뛰어넘는 과잉이 없는 게 문제네요. 소설에 사진을 왜 붙였어?)

소설로 선택받은 건 그해 단 한 번뿐이다. 기쁨.

쓸모 있음의 인정.

그럼에도 서현은 수상소감에서 부끄러움을 언급한다.

서현은 등단작가지만 작품으로 주목받은 경험은 없다. 지방지에 단편소설을 서너 편 실은 게 이력의 전부다. 소설이 아니면 안 돼, 내 끈은 이것뿐이야. 가느다란 나뭇가지에 매달려 있는 사람처럼 울먹이면서도 웬일인지 글은 쓰지 못한다.

호명되지 못한 하루가 언행불일치를 밀어붙인다.


2

엄마에게 전화가 걸려 온다.

양 씨는 어디가 아픈 거야?

딱 한 달만 아프지 않고 살아 봤으면 소원이 없겠다는 말이 신경 쓰였던 모양이다. 잘 모르겠다고 했더니 대뜸 선생이 그것도 모르냐고 윽박지른다. 서현은 말문이 막힌다.


엄마에게 메시지가 온다.

깨끗히랑 깨끗이 중에 뭐가 맞아? 마음대로랑 마

음데로랑 어느 게 맞아? 인터넷으로 검색하면 금방 나온다는 조언이 짜증으로 들릴까 봐 깨끗이, 마음대로, 정답을 찍어 보낸다.

전번 주제가 시였잖아. 수업 때 제대로 못 쓸까 봐 미리 써 놨었거든.

서현은 피식 웃음이 난다. 겁쟁이 수강생이네요.

서현은 운율과 압축, 반복이 있는 시를 쓰는 대신 'Rainy day games' 리듬에 맞춰 가사 쓰기를 하자고 한다. 수강생들은 어렵다고 투덜대면서도 2분짜리 멜로디에 맞춰 가사를 읊조린다. 엄마가 창작시 쓴 걸 알았다면 뽐낼 기회를 줬을 텐데.

엄마가 찍어 보낸 글을 본다. 큼지막한 글씨 탓에 한 행이 두 줄을 차지하고 있다.


　　지니고 싶은 사랑


　　사랑이 비행기라면 어디든지 함께 여행하겠다
　　사랑이 그림자라면 늘 내 뒤에서 있겠다
　　사랑이 빨강이라면 너무 강렬해서 때론 위험해

지겠다

사랑이 유리라면 깨지면 다쳐서 상처가 남겠다

사랑이 인형이라면 늘 껴안고 살 수 있겠다

사랑이 커피라면 처음에는 쓰지만 중독되면 끊을 수 없겠다


훌륭하네. 서현은 감상을 남긴다.

훌륭하다는 표현은 서현이 수강생들에게만 쓰는 칭찬이다. 나이 든 사람일수록, 여성일수록 모임에 참여하고자 하는 열의가 높다. 하지만 대부분 자기 노출에 서툴고 많이 갖지 못한 삶을 초라하게 생각한다. 잠재력을 모르는 겸손. 그 서글픈 아름다움.


4차시 수업이 끝난 뒤 엄마는 그만두고 싶다고 한다.

다들 글도 잘 쓰고 공부도 많이 한 것 같은데 나만 꿀려.

다 똑같지. 누가 얼마나 낫다고.

그건 사실이 아니다. 일곱 명의 수강생 중 몇몇은 확실히 돋보인다. 지금부터 꾸준히, 욕심내서 배우

면 조만간 글로 하는 자기표현에 두각을 나타낼 것 같은 인물이 있다.

그러나 가정법은 언제나 가정법일 뿐. 미래보다 중요한 건 모든 가능성을 품고 있는 현재다.

좀전의 강의를 돌아본다. 수강생들은 여느 때처럼 자기 글을 쓰고 서로에게 들려줬다. 지난주와 다르지 않았다. 그건 형식론이고, 내용면에서 뭐가 달랐을까?


3

"내 마음 한가운데는 텅 비어 있었다. 지금까지 나는 그 텅 빈 부분을 채우기 위해 살아왔다. 사랑할 만한 것이라면 무엇에든 빠져들었고 아파야만 한다면 기꺼이 아파했으며 이 생에서 다 배우지 못하면 다음 생에서 배우겠다고 결심했다. 하지만 아무리 해도 그 텅 빈 부분은 채워지지 않았다. 아무리 해도, 그건 슬픈 말이다."*

김연수 작가의 에세이 『청춘의 문장들』에서 가져온 구절이에요. 내 마음 한가운데는 텅 비어 있었다, 오늘의 글쓰기 테마입니다.

엄마가 안경을 추어올린다. 쓰긴 썼는데 맞는지 모르겠어요. 엄마는 오답을 말할까 봐 불안해한다. 선생의 지시를 혼자만 이해하지 못했을까 봐 두려워한다.

서현은 괜찮다고 말한다.

내 마음 한가운데는 텅 비어 있었다. 나는 다른 사람보다 긍정적이고 마음이 넓다고 생각했다. 시어머니가 재혼해서 갈까마귀처럼 생긴 새 시아버지랑 한집에서 22년을 살았고 남편이 생활력이 없어서 늘 회사를 다니며 돈을 벌어야 했음에도 삶이 그렇게 버거운 줄 몰랐다. 하지만 갱년기를 겪고 나이를 먹으면서 긍정적으로, 넓은 마음으로 이해했던 일이 짜증과 스트레스로 다가왔다. 문득 내 자신이 한심하고 무능하게 여겨졌고 삶을 지탱하게 해 준 착한 심성이 한순간에 악마로 변하는 걸 느꼈다. 시어머니를 죽인 건 나였다. 의식 없이 누워 있는 노인네에게 연말에도, 크리스마스에도 소복 입기 싫으니까 알아서 돌아가시라고 했다. 시어머니는 12월 26일에 눈을 감았다.

억지로라도 웃고 싶은데 잘 되지 않는 듯, 엄마의

볼 근육이 떨린다.

죄송해요, 죄송합니다.

엄마는 안경을 벗으면서 다른 손으로 눈가를 훔친다.

어떤 제스처를 위안의 언어로 쓸까. 서현은 느슨하게 경청했던 자세를 바로 세우지 않는다. 카메라를 향해 눈을 치켜뜨지도 않는다. 몇 초쯤 엄마가 숨고르길 기다린다.


4

편의점에서 에일 맥주와 라거, 빨강 뚜껑 소주를 산다. 엄마가 뚝딱 골뱅이를 무쳐 내온다. 고추장에 레몬청과 굴소스, 매실액을 첨가한 소스는 풍미가 좋다.

스무 살에 시집와서 너네 낳고 키운 거밖에 없잖아. 평생 공장만 다녔지 뭘 배운 적도 없고. 오늘은 유난히 창피했어.

삼십 년 경력의 생산직 노동자. 정식 인가를 받지 않은 중학교가 최종 학력. 또래 아이들이 열네 살에 식모살이하러 서울로 상경할 때 막내였던 엄마는 분교나마 다닐 수 있었다.

엄마는 글라스에 소주를 반쯤 채우고 맥주를 졸졸 따라 붓는다. 한쪽으로 치우친 과한 비율이다.

김 씨도 너한테 글쓰기 수업 들었어?

단편 읽기 모임 같이 했어. 글쓰기는 자신 없다고 했었는데 이번 건 기초 강좌라 용기 내셨나 봐.

지 씨는? 젊을 때 무술가도 꿈꿨다니 보통 사람은 아닌 것 같은데.

홍콩에서 오래 사신 것 같더라고. 봄에 소설 강좌 들었고 습작품도 발표했는데 소설은 별로였어. 밑도 끝도 없이 요리법만 나열했더라고.

엄마는 도 씨까지 언급한다.

그 친구는 네 수업 안 들어도 되겠더라. 엄청 잘 쓰던데.

잘난 거 말하는 시간이 아니라고, 잘나고 못난 게 따로 있지 않다고, 미 씨는 원래 자기애가 넘치는 사람이라고, 파 씨가 우쿨렐레를 배운다느니, 연극배우가 꿈이었다느니, 캘리그래피 자격증이 있다느니 한 말이 뭐가 중요하냐는 말로 엄마를 위로하지 않는다.

나도 그래. 뭘 한 게 있어야 떠들지. 할 줄 아는 게 있어야 자랑하지. 친구들이랑 바닷가에 가도 백사장에 앉아 있는 사람은 나뿐, 운전하지 않는 사람도 나뿐, 술 마시는 것밖에 할 게 없어. 그건 안 배워도 할 수 있으니까. 그림도 못 그려, 악기도 몰라, 동작이 예쁘지 않으니 춤으로 시선을 끌지도 못하지. 체험이 넘쳤다면 사람들 얘기에 맞장구치면서 내 기억을 쏟아내느라 바빴을 텐데 나는 불행을 말하는 입밖에 가진 게 없으니까. 그걸 떠벌리긴 싫으니까. 사람들의 고백에 추임새나 넣고, 현대인들이 자기 얘기만 하는 게 문제라고 비판하면서 앞장서 듣기를 실천하는 것처럼 나를 포장하는 거지.

엄마는 그새 소주 한 병을 비운다. 서현은 새 에일 맥주의 플립을 딴다.

그래도 엄마는 행복해. 집도 있고, 너도 작가가 됐잖아.

서현은 작가가 아니다. 소설가도 아니다. 소설 쓰는 사람이다. 서현의 꿈은 소설가(家)가 되는 것이고, 그다음에 작가(家)가 되는 것이다. 두세 편 쓰고 마는 게 아니라 소설로, 에세이로, 여행기로 글집을

이재은

짓는 사람이 되는 것이다.

아빠의 사망 보험금으로 얻은 집이다. 문 달린 방이 세 개. 둘째 동생이 안방을, 막내가 작은방을, 남은 방에는 옷과 이불을 쌓아 놓고, 엄마는 거실에서 지낸다. 서현은 경기도에서 혼자 산다.

시어머니를 죽인 건 나였다. 의식 없이 누워 있는 노인네에게 연말에도, 크리스마스에도 소복 입기 싫으니까 알아서 돌아가시라고 했다. 시어머니는 12월 26일에 눈을 감았다.

온라인 수업에서 발표한 글에 대해서는 묻지 않기로 한다.

투명한 사람은 슬픔이 탄로 나는 줄도 모르고 불쑥 자기를 드러낸다. 힘쓰는 줄도 모르고 기운을 낸다. 토로를 자책하느라 상대가 자기를 두 팔로 안은 줄도 모른다.

그녀는 오늘 엄마를 안았는데,

어쩌면 다른 사람도 그랬을 텐데,

정영자 님만 그걸 모르고 있다.

*김연수,『청춘의 문장들』, 마음산책, 2004.

이
재
은

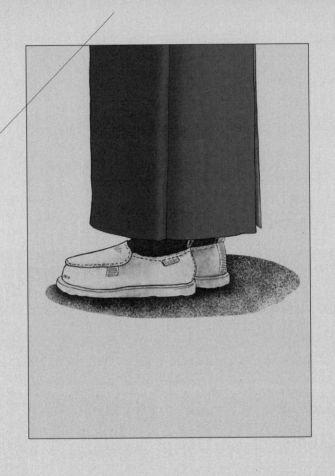

엘리베이터를 타려면
두 남자를 만나야 한다

위층의 위층의 위층과 아래층의 아래층의 아래층이 있는 사물.

저는 계단에 중독된 겁니다. 그 길에 들어서면 저는 멈출 줄 몰랐습니다. 꼭대기까지 올라야 했죠. 바닥까지 내려와야 했습니다. 길이 사라질 때까지 홀린 듯 걷는 겁니다. 날마다 그 행위를 반복했어요. 들판을 품은 엘리베이터에 타기 전까지는요.

표 형을 아십니까. 그는 골초였습니다. 창가에 서면 그를 볼 수 있었습니다. 제가 담배를 피울 때 그도 창문 앞에서 담배를 피웠습니다. 문을 열면 그가 있었습니다. 제가 연기를 내뱉으면 그도 연기를 내뱉었습니다. 나 같은 사람이 또 있군. 동질감에서 나온 연민보다 그의 꾸준함과 집요함에 놀랐습니다.

계단은 저만의 것이었습니다. 목적 있는 삶을 추구하는 사람들을 좇아 저도 그 길에서 목적을 찾았습니다. 예외 없이 끝에 다다랐고, 저는 만족할 수 있었습니다. 일 층에 발을 딛고 옥상에 발자국을 남기는 여정은 마음만 먹으면 언제든 시작할 수 있었습니다. 출발과 도착을 무한 반복하는 겁니다.

성공과 실패를 구분하지 않는 말 없는 계단.

내 삶을 캐묻지 않는 계단을 곁에 둘 작정이었습니다. 그때 제 머릿속에 어떤 것이 들어 있었든 계단은 저와 함께했던 겁니다. 위층과 아래층을 잇는 고리 안에 영원히 갇혀도 좋겠다고 생각했습니다. 영속과 영겁. 어떤 상태가 끝없이, 시간을 초월하여 이어지는 겁니다.

깨달음은 빨리 찾아왔습니다. 저는 위층과 아래층이 변함없이 똑같다는 것, 숫자를 지우고 보면 오 층과 십오 층이 다르지 않다는 사실에 놀랐습니다. 분노했습니다.

왜 그래야 합니까. 이와 삼은 다르잖아요. 십육과 십칠은 같지 않잖아요.

왜 첫 단추를 잘 끼워야 하는지 아십니까. 첫 번째 단추를 잘못 끼우면 이삼사오륙을 다 풀고 처음부터 다시 시작해야 하기 때문입니다. 예외는 없습니다.

잘못 짝 지워진 채로 망가진 존재를 내보이고 싶으십니까. 계단 속에서 헤매고 싶으십니까. 걸음을 멈추고 싶으십니까. 길을 구기고 싶으십니까. 똑같은 질감과 똑같은 높이와 똑같은 길이와 똑같은 색깔 속에서 저는 길을 잃었습니다. 더 이상 계단을 사랑하지 않게 된 겁니다.

저는 지쳤고, 더는 그런 짓을 하고 싶지 않았습니다. 뭘 기대했던 걸까요. 어떤 사유 속에 있었던 걸까요. 연결통로라는 것 외에 계단은 우리에게 무엇을 증명합니까. 명시하는 것이 있습니까.

계단은 말이 없었습니다. 내 목소리만 텅텅 울릴 뿐 길은 다른 의견을 내놓지 않았습니다. 통로도 그저 사물이었던 겁니다. 살아 있는 존재가 아니었던 겁니다. 그 길에서 길을 찾으려고 했던 제 자신이 한심해서 견딜 수 없었습니다.

천국의 계단이요? 그건 비상(飛上) 아닙니까. 사람이 날 수 있다고 생각하십니까.

제가 두 팔을 벌리고 옥상에 선다면 누군가 비상(非常)사태라고 외칠 뿐입니다.

다시 말씀드리겠습니다. 위층의 위층의 위층은 아래층의 아래층의 아래층과 달라야 합니다. 그게 아니라면 한 계단 한 계단 열심히 올라간 저는 뭐가 됩니까. 한 발 한 발 성실하게 살아온 저는 어떤 사람입니까. 끝나는 지점은 시작 지점과 다를 거라는 기대를 가진 제가 잘못된 겁니까. 바보입니까.

저는 움직이지 않기로 했습니다. 아무것도 없었으니까요. 땅과 하늘에는 땅과 하늘뿐이었습니다. 무의 풍경. 늘 보던 것이었습니다. 계단을 걷는 의식 속에 나타나는 풍경은 달라야 하지 않습니까.

동일한 방식으로, 차례차례로, '지금, 여기'를 외쳤지만 소용없었습니다. 같은 꼴이었습니다. 다를 거라는 희망이 저를 무너뜨렸습니다. 누군가의 일탈이 어떤 사람에게는 일상일 수도 있다는 걸 몰랐습니다.


그때 표 형이 포장 박스를 가슴에 안고 계단을 뛰어올랐습니다. 창가에서 줄담배를 피우던 사람. 제가 연기를 뱉으면 동시에 흰 숨을 뿜었던 그 사람. 제가 45도 방향 남서쪽을 볼 때 똑같이 45도 남서쪽을 올려다보던 바로 그 사람.

그는 저처럼 등을 곧게 펴고 규칙적으로 걷지 않았습니다. 그의 등은 굽어 있었습니다. 그의 속도는 저의 속도와 달랐습니다. 두 계단, 세 계단을 뛰어

올랐습니다. 건들거리는 채로 짝이 맞지 않는 다리를 움직이고 있었습니다. 한 스텝이 다음 스텝을 정확히 지시하지 않았습니다.

그의 스텝은 엉킨 춤 같았습니다. 멈춰 세우고 싶었지만 그럴 수 없었습니다. 표 형은 바람처럼 저를 스쳐 지나갔습니다. 사라졌다고 생각한 형은 잠시 후 다시 나타났습니다. 조금 전과는 다른 크기의 상자를 두 손으로 받치고 있었습니다. 제법 무게가 있었는지 발걸음이 느렸습니다.

저는 형을 위해 길을 비켜 주었습니다. 다음번에는 겨드랑이에 부스럭거리는 비닐 포장지를 끼고 나타났고, 그다음에는 생수 번들을 쥐고 다가왔습니다. 쌀 포대를 들고 올라오기도 하고, 하얀 스티로폼 박스를 이고 오기도 했습니다.

표 형의 안색은 언제나 뜨거웠던 것 같습니다. 피부가 팽팽히 조여져 있는 것 같았습니다.

움직이지 않기로 한 결심을 철회하고 좀 더 그 길에 있기로 했습니다. 위층과 아래층이 똑같은, 숫자를 지우고 보면 칠 층과 팔 층이 다르지 않은 길을 밟았습니다. 아코디언처럼 말끔하게 접힌 그곳에서 표 형과 마주치길 바랐습니다. 조우한 표 형은 어제보다 훨씬 더 초췌해 보였습니다. 머리카락 가닥가닥에 근심이 달라붙어 있는 것 같았습니다.

층계참을 지날 때 저는 표 형의 걸음이 수상하다는 걸 눈치챘습니다. 표 형은 다리를 절고 있었습니다. 오른발을 절뚝이고 있었습니다. 저는 가만있을 수 없었습니다. 더는 그 길에 있게 하면 안 된다고 판단했습니다.

그를 엘리베이터로 끌고 갔습니다.

가요! 저걸 타요!

표 형은 내 손을 뿌리쳤습니다. 그는 그럴 수 없다고 했습니다.

왜요! 왜 그럴 수 없다는 거예요!

그는 자격이 없다고 했습니다. 자신에게 허락된 자리가 아니라고 대답했습니다.

자격이라니요. 허락이라니요! 누구한테! 제가 허락할게요!

저는 비상문을 열고 표 형을 엘리베이터 쪽으로 이끌었습니다. 열림과 닫힘 버튼이 있고 비상벨이 있고 오른쪽을 지향하는 자에게는 상승하는 숫자

이
재
은

를, 왼쪽을 지향하는 자에게는 하강하는 숫자를 차곡차곡 내보이는 반듯한 기계 속으로 말입니다.

그러다 쓰러져요! 기력을 잃는다고요!

우리는 엘리베이터 앞에 섰습니다. 여느 건물에 있는 것과 비슷했어요. 고급 맨션에 있는 것처럼 투명하지도 않았고, 옛날 영화에서 본 것처럼 철이나 목재 덧문이 달리지도 않았습니다.

별난 느낌이 들었다면 자세히 눈여겨봤을 겁니다. 문은 번쩍번쩍한 금속이었고, 매끈하게 긴 직사각형이었습니다. 다리 쪽에 꼬마 아이들이 스티커를 붙였다 뗀 자국이 있었습니다. 띵. 도착을 알리는 신호음이 울렸습니다.


엘리베이터 문이 양쪽으로 갈라졌을 때 저도 모르게 입이 벌어졌습니다. 담배 개비를 물고 있었다면 바로 낙하시켰을 겁니다.

엘리베이터 넓은 벌판이 펼쳐져 있었습니다. 끝없는 지평선, 평야 말입니다.

표 형도 당황했는지 손가락으로 쓱쓱 눈을 비볐습니다. 풍경 한가운데 벤치가 가로놓여 있었습니다. 팔걸이도 등받이도 없는 긴 나무 의자였어요.

벤치에 두 사람이 앉아 있었습니다. 단정한 슈트 차림이었어요. 그들은 손짓하며 우리를 불렀습니다. 저와 표 형은 S극에 반응하는 N극처럼 그들에게 다가갔습니다.

콤비를 아십니까.

오른쪽이 말했습니다.

당신도 우리처럼 콤비가 될 수 있습니다.

왼쪽이 말했습니다.

콤비라니요. 저는 말문이 막혔습니다. 표 형도 침묵했습니다.

블라디미르와 에스트라공을 아십니까.

그들은 동시에 물었습니다. 그들이 말한 블라디미르와 에스트라공이 사람이라면 저는 모르는 사람이었습니다. 상황이 어이없고, 다짜고짜 들이대는 질문도 기가 막혔지만 예의를 갖춰 그들에게 물었습니다.

여기는 엘리베이터 안입니까, 밖입니까.

우리는, 정확히 말하면 표 형은 엘리베이터를 타야 했습니다. 고속 질주를 돕는 기계, 아름다운 사각형의 밀실에서 숫자를 눌러야 했습니다. 곧장 목적지를 향해 가야 했습니다. 표 형은 고객과 관계 맺고 있었습니다. 사회에서 해야 할 역할이 있는 사람이었습니다. 이런 곳에서 시간을 낭비하게 할 수는 없었습니다.

덤 앤 더머를 아십니까.

오른쪽이 말했습니다.

그들의 진짜 이름은 로이드와 해리였습니다.

왼쪽이 말했습니다.

맨 인 블랙을 아십니까.

오른쪽이 말했습니다.

그들은 M과 H였습니다.

왼쪽이 말했습니다.

만담가들처럼 주거니 받거니 했습니다.

주성치와 오맹달, 구봉서와 배삼룡, 홉스와 쇼…… 그중에 말이죠, 우리는 블라디미르와 에스트라공을 사랑합니다. 엘리베이터는 고도(孤島)와 어울리니까요. 그렇지 않습니까, 하하하.

그들은 동시에 웃었습니다.

아아. 저는 참을 수 없었습니다. 이제 매너 유지

는 불가능했습니다. 악을 썼습니다. 욕을 했습니다.
표 형을 위해서였죠.

결혼을 약속한 연인이 다른 남자와 키스하는 걸
봤을 때도 이런 감정이 북받치지는 않았습니다. 상
사에게 결재판으로 머리통을 두들겨 맞을 때도 이
런 노여움은 없었습니다. 저는 누구보다 표 형을 애
정했던 겁니다. 제가 40도 방향 남서쪽을 볼 때 똑
같이 40도 방향 남서쪽을 올려다보는 사람이 흔한
건 아니지 않습니까.

두 남자는 저의 괴성에도 놀라지 않았습니다.

여기는 엘리베이터 안입니까, 밖입니까.

저는 소리쳤습니다.

그들은 어깨가 축 가라앉도록 크게 심호흡한 뒤
입을 열었습니다.

안이기도 하고 밖이기도 합니다.

당신은 엘리베이터 안에 있지만 원한다면 또 다
른 엘리베이터를 탈 수 있습니다. 공간적인 동시성
을 경험하고 있는 겁니다.

왼쪽이 말을 마치자 오른쪽이 손가락으로 들판
의 한 지점을 가리켰습니다. 저 멀리에 네모난 빛이

보였습니다.

저는 표 형의 손을 붙잡고 그곳을 향해 걸었습니다. 표 형은 순순히 따라왔습니다. 그건 보통의 엘리베이터였어요. 문은 반짝반짝한 금속이었고, 세로로 긴 직사각형이었습니다.

열림 버튼을 누르자 곧 문이 열렸습니다. 저는 표 형의 등을 밀어 넣었습니다.

가요! 이걸 타요!

표 형은 그럴 수 없다고 했습니다.

왜 그럴 수 없다는 거예요!

그는 자신에게 주어진 자리가 아니라고 대답했습니다.

제가 책임질게요! 형! 표 형!

그때 저는 똑똑히 들었습니다.

계단 놀이나 하는 한가한 백수 주제에 누가 누굴 돕는다는 거야.

표 형은 너의 인정이나 허가 같은 건 필요 없다고 했습니다. 표독스러운 눈빛으로 나를 노려보았습니다.

저는 엉덩이가 까발려진 듯 그 자리에 주저앉았

습니다. 문 닫힌 엘리베이터는 공중누각처럼 사라졌습니다. 여느 건물에 있는 것과 비슷하게 평범한, 투명하지도 않고, 영화에서 본 것처럼 철이나 목재 덧문이 달린 것도 아닌 그것…… 표 형을 위한 비밀의 방이…… 저의 선택과 호의가…….

제 심정을 짐작이나 하시겠습니까. 저의 기분을 헤아릴 수 있겠습니까. 지킬 박사와 하이드 씨를 아십니까. 배트맨과 로빈을 아십니까.

등 뒤에서 두 남자의 목소리가 들렸지만 고개 돌리고 싶지 않았습니다. 뒷모습을 감추고 싶지 않았습니다. 등이 아니라면 가슴을 내보여야 하는 거 아닙니까. 진실은 어디에 있습니까.

두 남자에게 뼈와 살이 모두 노출된 기분이었습니다. 체모 마디마디에 슬픔이 걸려 있는 것 같았습니다.

심장에 구멍 하나를 내고 자신을 받아들이십시오. 그 구멍에 오랫동안 외면했던 자신을 초대하십시오. 구멍이 속삭이는 말을 들어 보십시오. 구멍의 말에 귀 기울이십시오. 구멍 속 자신과 하나가 되십시오.

이
재
은

오른쪽이 말하고, 왼쪽이 말했습니다.

그들을 향한 화가 가라앉은 건 아니지만 발악하고 싶지 않았습니다. 그만 복종을 희망했습니다.

제발 나를 내버려 둬…… 속삭이는 것처럼 명령하지 마…… 이래라저래라 그러지 마……. 저는 쏟아지는 눈물을 멈출 수 없었습니다. 중력의 법칙대로 눈물은 아래로, 아래로만 떨어졌습니다.

표 형! 당신은 가고 있습니까. 잘 올라가고 내려가고 있습니까. 당신은 빠릅니까. 당신은 안전합니까. 사회 속에 있습니까. 접힌 계단 속에 혼자 있지는 않습니까. 후들거리는 다리로 개다리춤을 추고 있진 않습니까. 탈 없이 튼튼합니까. 위층의 위층의 위층, 아래층의 아래층의 아래층 같은 상황에 빠지진 않았습니까.

성공과 실패를 구분하지 않는 말 없는 계단. 내 삶을 캐묻지 않는 계단을 언제까지나 곁에 둘 작정이었습니다.

표 형, 당신과 저는 콤비입니까. 콤비 하시겠습니까. 대답해 보세요! 표 형! 표 형!

<대담>

# 이재은×이병국
— 글집을 짓는 사람

몇 해 전, 모 계간지의 인터뷰이로, 인터뷰어였던 이재은 작가를 만난 적이 있다. 이재은 작가의 첫인상은 이야기 수집자 같았다. 생각지 못한, 한 번도 꺼내 본 적 없는 사적인 역사를 끄집어내도록 이끄는 그의 능력은 어디서부터 비롯된 것일까. 그것은 어쩌면 타인의 삶을 '들어 주는 마음'으로 보듬는 이재은 작가의 진정성에서 비롯된 것이라 말할 수 있을 듯하다.

그런 점에서 첫 소설집 『비 인터뷰』에 실린 「팔로우」의 '김우치'는 이재은 작가의 페르소나처럼 보이기도 한다. '명품 조연'으로 알려진 '김우치'는 "미국의 크리스마스 특집 방송 〈Yule Log〉를 패러디해 채널WY에서 특별 편성한 프로그램"에 참여하게 된다. "장작 태우는 것만 클로즈업"하여 송출하는 "단순하다 못해 어이없는 콘셉트"의 이 방송에서 김우치가 하는 일이란 그저 "열 시간 이상 가만히 있"는 것이다. "우치는 지긋이, 지레짐작이나 걱정하지 않는 표정으로, 누구에 대해서도 알지 못하는 사람처럼, 그러나 안다는 게 뭐 그리 대수인가 하는 느낌으로 화면을 바라"본다. 방송을 보는 사람들은 자신의 이야기를 꺼내 놓게 되는데, 인터뷰어로 마주한 이재은 작가는 '바로 그 표정'으로 인터뷰이인 타인의 이야기를 꺼내 놓게 한다. 그렇게 수집한 이들의 서사는 단지 모 계간지의 인터뷰로 그치는 것이 아니라 그녀의 소설로 작화되어 삶의 어떤 층위가 확장되는 경험을 불러일으킨다.

『비 인터뷰』와 마찬가지로 『1인가구 특별동거법』에서도 이재은 작가는 인터뷰어로서 만났던 이들의 서사를 자신의 서사와 결부시켜 풀어놓음으로써 우리가 '여기 있음'을, '함께 있음'을 감각하게 한다. 그러니 이제 자리를 바꾸어 이재은 작가의 이야기를 들어 볼 필요가 있다.

이재은

# 짧은소설의 매력

**이병국**

안녕하세요, 작가님. 오랜만에 뵙네요. 코로나19로 말미암아 여러모로 힘든 나날이 지속되고 있습니다. 어떻게 지내고 계시나요? 무탈하신가요?

**이재은**

안녕하세요, 병국 시인님. 이렇게 다시 뵙네요. 네, 일단은 무탈합니다. 코로나19 이후로 집과 작업실만 왔다 갔다 하는 생활을 하고 있어요. 부딪치는 일이 적어선지 사회적인 스트레스는 별로 없는데 대신 비대면 상황 속에서 혼자 짐작하고, 판단하고, 오해하면서 심장을 쥐어짜는 일이 많습니다.(웃음)

**이병국**

글 쓰는 일을 고립된 작업으로 생각하는 독자들도 많지만, 쓰는 시간을 제외하면 딱히 그렇지만은 않잖아요. 그런데 코로나19 상황은 정말 작가를 고

립시켜 "혼자 짐작하고, 판단하고, 오해하"게 만드
는 것 같아요. 평소에는 다양한 활동을 하는 것으
로 알고 있습니다. 소설 창작 이외에 하시는 일은 무
엇인가요? '마음만만연구소'를 이끌고 계시기도 하
지요? 명칭이 독특한데요. 그곳은 어떤 곳인가요?

**이재은**

다양한 활동이라기보다…… 먹고살 일이 들어오
면 가리지 않고 합니다. 특강, 인터뷰나 전시 리뷰
쓰기, 약간의 심사, 교정 교열 등이요.

마음만만연구소는 제가 운영하는 사이트 이름
이고, 작업실 명칭이기도 해요. 어디에 소개할 일이
생기면 있어 보이려고 1인 문화예술공간이라고 말
하는데요, 창작 외에 강의 소식을 전한다든가, 프리
랜서로 활동하는 모습을 남겨 놓는 곳이라고 할 수
있겠네요. 2017년에 '짧은소설 공모전'을 기획해 올
해로 5년째 진행 중인데 그런 일들도 마음만만연구
소 이름으로 홍보하고 있어요.

**이병국**

1인 문화예술공간이라, 너무 멋있어요. '짧은소설 공모전'도 흥미롭고요. 그 연장일까요. 이번 소설집은 흔히 말하는 단편소설의 분량과는 달라요. 누가 규정한 건 아니겠지만 한국 단편소설이라고 하면 원고지 80매 내외의 분량을 취하는데 작가님의 이번 소설집은 대략 그 절반 정도의 분량으로 되어 있어요. 짧은소설을 쓰게 된 동기와 그 매력에 대해 말씀해 주신다면요?

**이재은**

방금 이야기한 '짧은소설 공모전'이요, 그게 정말 우연히 시작된 거거든요. 그해 인천문화재단에서 동아리 지원금을 받았어요. 배다리 헌책방 거리에 있는 나비날다 책방에서(작품집에 실린 「나비 날다」라는 소설의 무대가 된 그곳 맞습니다) 몇몇 분들과 단편소설 읽기 모임을 하고 있었는데, 누군가 지원사업 소식을 전해 준 거예요. 지원금이 100만 원이었던 걸로 기억하는데 되든 안 되든 도전해 보자 싶었죠.

지원서에 동아리 활동이나 사업목적, 사업계획, 그리고 지원금을 어디에 어떻게 쓸 건지 써야 하잖아요? 도서나 간식 구매 외에 책에서 뽑은 문장을 연필에 새겨 배다리 헌책방 거리에서 열리는 책 축제에서 시민들에게 나눠 주겠다고 적었어요. '문장 연필' 제작으로 책정한 금액이 30만 원이었죠. 그런데 곰곰 생각해 보니 연필 만드는 게 너무 시시한 거예요. 30만 원어치 연필이 어느 정도 되는지 감도 오지 않았지만 불특정 다수에게 그걸 나눠 주면서 '문학을 알리는 게' 무슨 의미가 있나 싶었죠. 문장 한 줄 읽는다고 갑자기 책을 사랑하게 될 것도 아니고. 제가 좀 비관적입니다. 이왕이면 재미있는 일을 해 보고 싶었어요.

하필이면 그때 제가 아코디언에 꽂혀 있었고, 아, 악기 아코디언이 아니라 종이 아코디언이요. 돈을 벌려면 명함이 필요하겠다 싶어서 며칠 고민한 끝에 보통 명함을 5배로 늘린 5단짜리 명함을 만들었거든요. 그걸 아코디언 명함이라고 이름 붙여 사람들한테 나눠 줬는데 다들 신기해하고 흥미로워하는 게 아니겠어요? 사이즈를 크게 하면 책이 되겠네? 아코디언 북? 멋지겠는데? 혼자 상상하다가 '아코디언 북 짧은소설 프로젝트'를 구상하게 됩니다.

짧은소설을 공모해 수상작 10편을 '아코디언 북'으로 제작하면 어떨까? 1등 2등 따지지 말고 10명이 모두 수상자가 되어 기쁨을 나누면 어떨까? 인천문화재단에 사업변경신청서를 내고, 나비날다 책방 사장님께 후원을 요청했어요. 그해 한 번만 할 생각이었고, 나비날다 책방도 처음에는 이름만 빌릴 마음이었는데 2, 3, 4, 5회로 해를 거듭하면서 미약하나마 꾸준히 이어오고 있습니다. 책방 사장님은 지금도 든든한 후원자가 돼주고 계시고요.

공모전에서 작품을 뽑으려면 심사위원이 있어야 하잖아요? 친구 전앤이 많이 도와줬어요. 수상작품집만 주는 건 그러니까 축하의 의미로 상품권도 주자는 의견이 나와서 저와 책방 사장님, 전앤이 돈을 모아 상품권을 샀고요. 아코디언 북 디자인은 제가 하고 재단 지원금은 인쇄비로 쓰고, 심사위원들이 사비를 내면서 시작한 게 짧은소설 프로젝트고, 2020년에 '십분발휘 짧은소설 공모전'으로 이름을 바꿨고, 그런 연유로 짧은소설에 관심을 갖게 됐고, 저도 짧은소설을 쓰고, 이렇게 소설집을 내게 된 거예요.

아, 지난해 포항공대에서 『미니픽션 창작법』이론서 출간 의뢰가 와서 짧은소설이 무엇인지, 어떤 특징이 있는지 정리해볼 수 있었어요. 하지만 뭐니 뭐니 해도 제가 짧은소설에 관심 갖게 된 것은 '짧은소설 공모전'에 응모해주셨던 (예비)작가분들 덕분입니다. 짧은소설에 대한 그분들의 열정과 애정이 저에게도 전해진 거죠.

짧은소설의 매력이라면…… 짧게 써도 된다는 거 아닐까요? 잘 쓰는 것도 힘들지만 길게 쓰는 것도 어렵고, 큰 세계만 구상해야 한다고 하면 막막하고, 작아도 되지 않나, 적어도 되지 않나, 부족해도 되지 않나, 조금 편하게 다가갈 수 있는 게 짧은소설이 아닌가 싶어요. 그렇다고 막 쓰자는 아니고, 물론 잘 써야 하고, 자신이 구축한 세계를 그럴싸하게 완성해야 하지만 어쨌든 짧은 게 모자람을 뜻하는 것만은 아니라는 걸 강조하고 싶네요.

# 인터뷰어 이재은+소설가 이재은

**이병국**

아코디언 명함에서 아코디언 북 짧은소설, 그리
고 그것이 소설 공모로 확장되어 꾸준히 이어지고
있다는 점이 상당히 놀라운데요. 꽤 창의적인 프로
젝트네요. 그런 과정이 이번 소설집까지 이어진 거
였군요. 역시 글은 고립된 작가 개인이 아닌 타인과
의 연결을 통해 비롯되는 것 같아요. 참, 인터뷰어
로도 활동을 오래 하셨죠?

**이재은**

지역 인터넷 신문사에서 기자로 일하면서 이따
금 인터뷰어가 되곤 했어요. 그 회사는 1년 남짓 다
니고 말았지만 이후 객원기자로 활동하기도 하고,
프리랜서로 아트인천, 성공회대 소식지 등에 인터
뷰 기사를 실었어요. 제 글을 쓰는 게 아니라면 돈
벌이로 인터뷰를 자주 하게 되는 것 같아요.

**이병국**

『비 인터뷰』에서도 그렇지만 이번 소설집『1인가구 특별동거법』에서도 인터뷰어의 정체성이 드러나더라고요.「뷰우」의 초점화자 '당신'의 사수가 "인터뷰 작성 시의 주의사항"을 알려 주기까지 하죠.

**이재은**

끈질기게 인터뷰를 붙잡고 늘어지네요.(웃음)

**이병국**

「무명의 일」첫 문단에 '너'를 호명하는 말들을 적으면서 "너는 나의 주인공이다"라고 하잖아요. '너'가 '나'라는 화자의 초점화자가 되면서 '나'를 객관화하여 바라보는 것처럼 읽혔어요. 이를 '무명 작가'로서의 작가 자신을 재현하는 용어라고 볼 수도 있겠지만 어떤 면에서는 '무명'의 존재들, 그들의 총체처럼 보이기도 해요. 같은 단편에 이런 문장도 있어요. "'다른 사람'이 되는 것에 중독된 너는 자기 자신을 잊는다. 무명(無名)을 잊는다."

**이재은**

오, 정말 근사한 해석이네요. 무명의 존재들, 그들의 총체라는 말이요.

**이병국**

작가님은 그 수많은 무명의 '너'를 인터뷰하면서 어떤 방향성 혹은 지향점을 지니셨나요? 덧붙여, 인터뷰가 소설 창작에 영향을 미친 점은 무엇이라고 말할 수 있을까요?

**이재은**

사실 너들, 그러니까 인터뷰이들을 무명(無名)이라고 생각해 본 적은 없어요. 오히려 그 반대죠. 제가 말을 거는 분들은 대부분 '뭔가를 가지고 있는 분', '뭔가를 이룬 분'들이었어요. 대화를 '맡은' 사람으로서, 저는 끊임없이 그들을 생각해요. 사전 조사를 하기도 하고, 직접 만나 눈빛과 마주하고, 헤어진 뒤에 글로 정리하며 다시 떠올리죠. 그게 참 따듯하더라고요.

인터뷰라는 행위가 마냥 긍정적인 것은 아니지

만 누군가의 인생에서 한 번쯤 좋은 점을 끄집어내는 일은 소중하다고 생각해요. 그런데 언제부턴가 그 마음이 변하면서 '일'의 가성비를 따지게 되고, 나도 주목받고 싶다고 자조하면서 시나브로 쓸쓸해지더라고요. 아무도 찾지 않는 나를 부족하다고 느끼게 되고 스스로 '무명 소설가'라고 칭하고요. 이런 마음이 소설로 표현된 것이 「무명의 일」 같은 작품인지도 모르겠습니다.


**이병국**

어떻게 보면 인터뷰라는 형식이 「나무들」에서 언급한 것처럼 "누군가의 삶에 관심을 보이는 것은 그를 격려하는 의미가 되기도 한다는 것"의 실천적 행위처럼도 느껴져요. 제가 작가님을 만나 인터뷰했던 날의 기억을 되짚어 봐도 앞의 구절처럼 일종의 격려와 위안으로 남아 있어요. 늦었지만 감사했어요.


**이재은**

어머나, 과찬이세요. 편안하게 대해 주고 솔직하

게 말씀 전해 주셔서 저도 무척 고마웠어요.


**이병국**

작가님이 쓴 "다른 사람이 되는 것"이란 문장을 읽으면서 오래 생각해 보았어요. 글을 쓴다는 건 작품 속 존재를 통해 세계에 관해 이야기하는 것이면서도 결국 작품 속 존재에게 자신을 투사하려는 마음이기도 하잖아요. 그럼으로써 현실의 나를 삭제하거나 재정립하려는 의지의 발로처럼도 생각이 들더라고요. 그런 점에서 창작은 '나'를 대상화하여 관찰하는 이야기이자 자신의 무의식을 의식적으로 표출하려는 행위인지도 모르겠어요. 이를 실존의 측면에서 사유할 수도 있겠죠. 작가님은 무엇으로 실존의 무게("한숨으로 실존의 무게를 재지 않는다")를 감당하고 있으신가요?


**이재은**

실존의 무게요? 그런 걸 진지하게 생각해 본 적은 없지만, 한숨이 줄어드는 시기라면 아무래도 돈 버는 일이 많을 때고, 누군가 듣기 좋은 말을 해 주면 갑자기 기분 째지죠. 그렇지만 성향상 그런 걸 오래 간직하지 못해서 금세 '남들은 어쩌고저쩌고 인데 나는 이것밖에 안 되는군' 하고, '내가 잘해서 가 아니라 그 사람이 착해서 칭찬의 언어를 쏟아낸 걸 거야' 하기도 합니다. 실존의 무게를 제대로 감당하고 산다고 할 수는 없겠네요. 몸도 무겁고, 마음도 무거울 때가 많습니다.

**이병국**

그 무게는 어쩌면 "종이컵을 움켜쥐고 있었지만 목을 축"일 수 없는 자신을 지각하는 데에서 비롯되는 것인지도 모르겠네요. 목을 축인다는 말이 나와서 그런데 소설 속 문장을 빌려 간단하게 물어볼게요. '솔의눈' 좋아하세요, 아니면 '데자와' 좋아하세요?

**이재은**

제가 그런 문장을 썼나요? 종이컵을 움켜쥐고 있는데 왜 목을 못 축이니, 왜…… 흑흑. 저는 열렬하게 데자와를 좋아합니다.

이재은

**이병국**

저도 데자와를 좋아해요. 소설에서처럼 도시적인 것을 더 좋아하는 편이라서 그럴까요.

**이재은**

병국 시인님도 데자와시군요! 저는 요즘도 자판기만 보면 데자와가 있는지 없는지 확인해요. 있으면 (당장 뽑아 먹지 않더라도) 괜히 반갑고 그렇더라고요.


## 안 하면 죽어요

**이병국**

「서울은 처음이지?」에 보면, "티 내지 않고 가난을 견디는 일에 점점 무력해졌다"고도 나와요. 그 무력감이 결국 "자신을 아끼지 않았다"라는 문장과 맞물려 제 가슴에 와 꽂히더라고요. 제가 가난에 민감해서 그런 것 같기도 하고요. 그런 점에서 최근에 뭔가 자신을 챙기기 위해 한 일은 없으신지 묻고 싶네요.

### 이재은

저 자신을 챙기기 위해 주기적으로 술을 마십니다. 농담 아니고 진짜예요. 요즘에는 4캔에 만 원 하는 편의점 맥주도 펑펑 사 마시고, 와인도 마시고 가끔 위스키도 마시고, (서울에서 살았던 그 시절과 달리) 제법 살 만합니다. 「서울은 처음이지?」는 소설인데 자연스럽게 제 얘기를 쓴 게 들통나고(?) 말았네요.

### 이병국

작가님의 소설을 읽다 보면, 도시 공간에 대한 인식이 두드러지는데요. 특히 서울과 그에 대비되는 공간으로서의 인천, 혹은 L시가 그렇죠. 인천이나 L시도 크게 다르진 않지만, 서울은 겉으로는 "활기 있고, 건강한 문화가 넘치며, 세련된 도시"처럼 보이는 데 반해 그로 인해 은폐된 것들이 꽤 많은 거 같아요. 특히 개별 존재들의 팍팍한 삶처럼 말이죠. 일상을 유지하기 위해 생활에 목을 매야 하는 그들은 서울이 지닌 화려한 이미지로부터 소외되어 있기도 하잖아요. 그 안에 들어가기 위해 아등바등하지만 "칠십오 점의 이력서는 번번이 퇴짜를 맞았고, 백 점 아닌 자기소개서는 누구도 감동시키지 못"하고 말아요. 작가님이 재현하고 있는 서울은 어떻게 보면 개별 존재의 처지와 다름을 분명하게 노출시킴으로써 비참의 기억으로 작동하는 공간은 아닐까 싶기도 해요. 가능성의 공간이면서 신자유주의 사회에서 자신을 증명하는 '부'를 축적하지 못한 존재에게는 오히려 "막다른 골목"일 수도 있겠다는 기분이 들게 하죠. 작가님이 표현하고자 한 서울과 인천, L시는 어떤 곳인가요?

### 이재은

부모님이 저를 낳은 곳은 서울 봉천동입니다. 전라도 깡촌에서 상경해 땅값이 싸다는 소문을 듣고 찾아간 거죠. 그곳에서 첫돌을 맞았지만, 이듬해 부모님은 인천으로 이사했어요. 봉천동보다 더 싼 곳으로 가야 했으니까요. 그때부터 주욱 인천에 살았으니 인천이 고향인 셈이죠.

하지만 인천도 인천 나름 아니겠어요? 우리 집은 중심가에 있지 않았고, 그야말로 변두리였어요. 어릴 때는 멋모르고 살다가 세상에 눈을 뜨고(?), 이런저런 잡지를 구독해 읽으면서 '문화'를 접하게 된 거예요. 책은 서점에서 구입하면 됐지만, 잡지에 소개된 '그 영화'도 보고 싶고 '그 연극'도 보고 싶었죠. '좋은 건' 죄다 서울에서만 하더라고요. 그때부터 막연히 서울에서 살고 싶다는 꿈을 꿨던 것 같아요. 인천은 떠나야만 하는 곳이 되고요.

**이병국**

저도 "인천을 떠나야만 하는 곳"으로 생각했던 때가 있어요. 사실 지금도 어느 정돈 그 마음이 있긴 하지만 서울과 가깝고 방세도 저렴하기도 하고…….

**이재은**

서울에서 살긴 살았어요. 그런데 살 집이 있는 게 다가 아니더라고요. 뮤지컬도 보고 63빌딩에도 올라가고 케이블카도 타려면 돈이 있어야 하는데 직장을 다닌다고 해서 뿅, 여유가 생기지는 않더라고요. 어릴 때부터 조부모님과 함께 살았는데 식구가 많은 게 너무 귀찮은 거예요. 꿈에 그리던 서울에 갔고, 독립하고 싶다는 바람도 이뤘지만, 이곳에서도, 저곳에서도 어떤 불편과 아픔은 있더라고요. 아, L시요? L시도 아마 인천일걸요. 비슷한 어디쯤.

### 이병국

가난과도 연결되는 도시의 삶에 대해 언급을 좀 더 하자면, 표제작이기도 한 「1인가구 특별동거법」도 주목할 수 있는데요. 이 소설에서 주택 보급 문제로 인해 정부는 1인가구에게 강제로 동거인을 들이게 하는 법을 입안하여 국회 통과를 시킵니다. 개인의 자유를 박탈하는 일이라서 실현 가능성이 있는지는 차치하고 보면, 이 소설은 이재은 작가의 이번 소설집을 관통하는 어떤 정서로 충만한 것 같아요. 화자도 그렇고 화자의 집에 동거인으로 들어가길 원하는 '이다 씨'도 그렇고 누적된 실패로 삶을 저당 잡힌 존재들이잖아요.

그러나 그것이 부정적이지만은 않아요. 물구나

무서기에 대한 화자의 말처럼 중력을 거스르려고 하는 행위가 자꾸만 실패해도 그것이 "묘하게 기분이 좋아지"게 만들기도 하니까요. 그 실패는 아마도 "혼자 뚜벅뚜벅 걸어가면 된다고, 그게 삶이라고 믿었던 시간"의 층위를 무너뜨리는 것일 수도 있겠다는 생각이 들었어요. 실패로 말미암아 자신의 고독과 마주하고 "어쩌면 다른 생활을 할 수 있지 않을까?"라고 생각하게 이끄는 것처럼 보였거든요.

**이재은**

병국 시인님이 시인일 뿐만 아니라 평론가이기도 하다는 걸 모르지 않았지만 새삼 감탄스럽네요. 착실한 문장에 명석한 의견이 더해지는 데서 오는 즐거움을 만끽하는 중입니다.

**이병국**

감사합니다.(웃음) 「1인가구 특별동거법」은 어떤 계기로 포착한 소재인가요?

**이재은**

혼자 사는 여자 이야기를 하고 싶었어요. 아주 젊지도 많이 늙지도 않은 여자요. 세상과 인생을 모르진 않지만 산전수전 다 겪었다고 말할 수는 없는 사람.

결혼하지 않았거나 애인 없는, 때때로 쓸쓸하지만 혼자라는 이유로 외로움에 시달리지는 않는, 밤마다 술을 마시지만 울면서 마시는 건 아니고, 사랑하는 사람이 많진 않지만 전혀 없는 것도 아닌, 동정받아야 할 이유가 없는데도 희한하게 어떤 자리에서는 연민과 위로의 눈길을 받는 그런 존재들 있잖아요. 그러니까 그런 사람 중 한 명은 저인데…….

시작은 그랬고요, 「1인가구 특별동거법」을 구상한 것은 1인가구 수가 폭발적으로 는다고 하고, 이로 말미암은 주택 문제가 심각하다고 하고, 사회 이슈를 모르지 않는 작가라는 걸 보여 주고 싶은 욕심도 있었고, 말도 안 되는 법을 만드는 재치와…….(웃음)

**이병국**

나름 잘 전달된 게 아닌가 생각해요. 그 말씀을 들으니 정말 어떤 면에서는 작가님의 페르소나일 수도 있겠단 생각이 들어요. 너무 자신을 노출한 건 아닌지 걱정이 될 정도로요. 반면에, 소설 속 인물인 '이다'는 '어떤 대상으로 하여금 그렇게 하도록 하다는 뜻을 더해 타동사로 만드는 접미사'의 역할을 화자에게 수행하는 건 아닐까 싶었어요. 화자는 이다 씨와 함께 지내게 될까요? 그들의 삶이 어떤 '다른 생활'을 하는 중일지 상상해 볼 수 있을까요?

**이재은**

'이다'라는 이름을 지으면서 접미사까지 염두에 두진 못했는데 '대상으로 하여금 그렇게 하도록 하다'라는 뜻이 퍽 신선하게 느껴지네요.

저는 화자와 이다 씨가 어디선가 함께 지내고 있다고 믿어요! 하루는 행복하고 하루는 그렇지 않은, 혼자 살 때와는 모든 것이 다른 생활을 하고 있을 거예요.

# 그렇지만 넌 떠오르는 별이야

**이병국**

현실적인 문제를 짚고 넘어갈 필요도 있을 것 같아요. 「나무들」에서 언급하고 있듯이 우리는 한때 "냉소와 허무주의의 가면"을 쓰고 살아가기도 하죠. 그런데 그건 현실적인 문제들을 외면하고 싶어서 스스로를 세계로부터 소외시키는 건 아닐까 싶기도 해요. 나이가 조금 더 들면 아무리 외면하려 해도 결국은 마주하게 된다는 걸 깨닫게 되는 것 같아요. 그런 점에서 소설 속 문장을 조금 변형해서, 작가님은 하고 싶은 일과 할 수 있는 일, 그리고 해야만 하는 일 가운데 하나를 선택해야 한다면 어느 쪽에 손을 드실 건가요?

**이재은**

꼭 하나를 선택해야 한다면, 음…… 해야만 하는 일을 고를게요.

**이병국**

그 선택의 이유는 무엇인가요?

**이재은**

안 하면 죽어요.

그러니까 네…… 해야 하는 일이 곧 하고 싶은 일일 거잖아요. 소설 쓰는 일을 '하고 싶'잖아요? 그럼 그걸 해야 합니다. 하지 않고 버티면 아파요. 더 아프기 전에 빨리 시작해야 해요. 소설 쓰기를 '할 수 있'다면 이제부터 해야 할 일은 그것이지 않을까.

**이병국**

뭔가 교묘하게 해야 하는 일과 하고 싶은 일, 할수 있는 일을 하나로 엮어 버리시네요.

**이재은**

그래요, 어쩌면 저는 솔직함을 거부하고 있는지도 몰라요. 소설을 쓰고 싶지만 우유 파는 일을 그만둘 수 없어서 '생계를 위해 해야 하는 일'에 매진할 수밖에 없는 현실을 간과하고 있는지도 몰라요.

그래도 이렇게 말하겠습니다. 소설을 쓰지 않으면 죽을 것 같잖아요? 그러면 소설을 써야 해요. '난 소설을 쓰고 싶은데 먹고살려고 어쩔 수 없이 우유를 팔아', 이건 도피일 수 있어요. 매정해도 할 수 없어요. 우유도 팔고 무슨 수를 써서든 소설도 써야죠. 어떻게 좋아하는 것만 하나요? 세상이 그렇게 만만하지 않다는 걸 잘 아시잖아요. 제가 운영하는 블로그 이름이 마음만만연구소이고, 그건 마음이 가득 차고(滿) 점점 가득 찬다(滿)는 뜻인데, 마음에 소설이 가득하다면 그걸 반드시 해야 한다는, 할 수밖에 없다는 그런 이야기입니다. 아니, 제가 지금 무슨 말을 하고 있는 거죠?(웃음)

**이병국**

이번 소설집에는 첫 소설집의 작중 인물이 다시 등장하는 단편이 있어요. 「설탕밭」의 '비'가 그렇죠. 이 소설의 노인인 '규만'은 「비 인터뷰」에서는 아저씨였던 인물이고요. 이어지는 소설이라고 말할 수는 없겠지만, 두 소설을 겹쳐 읽으면, 규만은 '비'의 멀티 유니버스적 인물처럼도 읽혀요. 도래한 과거

와 지나간 미래가 지금 이곳에서 교차하는 느낌이
랄까요. 두 소설의 관계가 궁금해요.

**이재은**

도래한 과거와 지나간 미래가 지금 이곳에서 교
차한다는 의미인가요? 알 듯 말 듯 심오하네요.

「설탕밭」이라는 소설은 실존 인물인 차학원 할
아버지를 등장시키고 이름을 '규만'이라고 지으면
서 '소년 비'까지 끌어오게 된 건데요, 등단작「비 인
터뷰」를 소환해서 뭘 해보겠다는 의도 같은 건 없
었어요. 다만 한번 제 머릿속에 살아 있었던 인물이
어선지 이름을 가져오는 것만으로도 이번 이야기
를 끌어가기에 꽤 수월했던 것은 사실입니다.

**이병국**

소년의 주근깨를 소년의 상처로, 더 나아가 소년
의 빛으로 읽는 노인의 마음이 무엇일까 궁금해지
는 점도 있었어요.

**이재은**

나는 인간인데, 나는 내가 인간인 게 좋을까? 하는 생각을 최근에 했어요. 나라는 개인 말고 '인간'이라고 하는 좀 더 넓은 개념의 종에 대해서요. 인간으로 태어난 이상 늘 좋은 일만 겪으면서 살 수 없다는 걸 잘 알고, 어쩌면 삶은 고통이 전부인 것 같기도 해요. 나쁜 기억이 더 오래간다고 하잖아요. 별것 아닌 것 같아도 엘리베이터에 잠깐 갇혔던 악몽이 평생 트라우마로 남기도 하고요.

많은 사람이 "어릴 때가 좋았다", "행복했다"라고 하고 고통 같은 건 머리가 좀 큰 뒤에 생기는 거라고 인식하는데 저는 어릴 때도 별로 안 좋았거든요. 그때도 지금만큼 우울했어요. 싫은 것도 많고 짜증 나는 일도 많고, 울기도 많이 울었고요. 그럼에도 죽지 않고 살아서 작가가 됐고, 책도 냈죠. 이렇게 두 번째 소설집에 실릴 대담도 하고 있고요. 언제나 어둠일 수는 없는 거예요. 터널의 길이는 사람마다 다르겠지만 분명 암흑의 끝은 있습니다.

소년은 아직 모르는 게 많지만, 노인은 인생을 아는 사람이잖아요. 소년의 상처를 빛으로 읽는 노인의 마음에는 "너 힘든 거 안다. 그렇지만 넌 떠오르는 별이야"라는 속삭임이 틀림없이 들어 있었을 거예요.

**이병국**

어리석은 질문이겠지만, 작가가 된 지금, 하나의 터널을 지나온 것이겠지만 그게 끝은 아니잖아요. 또 다른 터널을 통과하는 중일 수도 있다는 생각이 들어요. 그 끝에서 마주할 또 다른 빛은 어떤 별의 모양을 하고 있을까요?

**이재은**

별 모양이요. 세모든 네모든 동그라미든 하트든 별 모양이기만 하면 좋을 것 같아요. 별이니까요.

## 여기 있다

**이병국**

『1인가구 특별동거법』에 실린 작품들을 조금 거

칠게 나누어 보면, 인터뷰어로서의 정체성을 다루면서 작가의 삶을 그려내는 일군의 작품들(「뷰우」, 「무명의 일」, 「온라인 수업」, 「나비 날다」)과 고단한 삶의 편린을 재현하는 작품들(「서울은 처음이지?」, 「1인가구 특별동거법」, 「코로나, 봄, 일시정지」, 「나무들」, 「어젯밤에」, 「공기받기」), 그리고 맞게 읽은 것인지는 모르겠지만, 데칼코마니처럼 교차하는 인물들을 통해 초월적 깨달음으로 나아가는 작품들(「여행자-구도에게」, 「설탕밭」, 「엘리베이터를 타려면 두 남자를 만나야 한다」)로 볼 수 있죠. 또한, 이 작품들은 그 배면에 공통된 주제의식을 서로 교차하고 있기도 해요. 타인에게 풍경으로 존재하는, 그러니까 주목받지 못하고 은폐된 이들의 들리지 않는 목소리처럼요.

가장 도드라진 작품이 「세상의 끝에서 온 노래」였는데요. 시각장애인의 목소리로 채워진 이 소설은 주석에도 나와 있듯이 작가님이 진행했던 인터뷰에 기반을 두고 재구성한 서사죠. "다른 무언가를 볼 수 있다는 걸" 말하는 소설로 읽었어요. 이 소설을 포함하여 이번 소설집의 작품들이 어떤 의미로 독자에게 다가갔으면 좋겠다고 생각하시나요?

**이재은**

작가로서 충분히 말하지 않고 몇 줄의 설명으로 내용을 압축하거나 (운문이 아닌 산문에서) 종종 함축적인 언어를 쓴다는 이야기를 듣고 했어요. 독자들이 공감하지 못하는 저만의 이야기를 한 건 아닌지 염려가 돼요.

감정이입은 독서의 가장 기초적인 감상이잖아요. 그런 글쓰기를 미덥지 않게 여기는 작가도 있지만 저는 어떻게든 독자와 소통하길 바라요. 어떤 작품에서, 어떤 인물에서, 혹은 어떤 문장에서 '아, 이 느낌은 좀 알겠다', '이 인물은 좀 나 같다' 하면서 자신의 내면과 만나고 세계를 확장하는 시간을 가졌으면 좋겠습니다.

**이병국**

노동 문제나 팬데믹 상황에서의 삶의 문제, 공기놀이처럼 단순할 수 없는 생활의 영위 문제 등 작가님의 소설 한 편 한 편 다 언급하고 관련된 질문을 하고 싶은데 지면의 특성상 정리해야 할 것만 같아요. 그럼에도 꼭 묻고 싶은 것이 있습니다. 변주되어 반복하는 서술어에 관련된 것인데요. 그것은 "나는 여기 있다"입니다.

### 이재은

아닌 게 아니라 이 소설집을 묶으면서 제가 "여기 있(었)다"는 문장을 자주 썼다는 걸 알게 되었습니다. 사실은 『비 인터뷰』에 실린 「완벽한 날들」에도 나오고요, 얼마 전에 발표한 단편소설은 심지어 제목이 「여기 있었다」예요.(웃음)

### 이병국

「여행자-구도에게」의 마지막 부분에 제시된 이 문장은 「뷔우」에서 "당신은 여기 있었어"라면서 '나'가 '당신'으로 전이되어 변주됩니다. 곧이어 「무명의 일」에서 "너는 끝끝내 여기에 살아 있다"로, 「나무들」에서는 "그래, 나 여기 있었어"를 거쳐 「어젯밤에」에서 "내가 죽었다고 한다"와 "살아 있었다"로 나아갑니다. 이를 다시 묶어 보면 「여행자-구도에게」에서 화자가 '숭고함'으로 표현한 라이딩을 통해 "바다, 절벽, 동굴, 화장터 그리고 묘지"를 경유하여 발견한 것, "거기에는 생(生)이 가득했다. 살고, 살아 있었다. 삶과 목숨, 생명과 세상이 있었다. 기쁨이나 놀라움, 진기함을 넘어서는 감회"를 감각할 수 있는 순간에의 회구처럼 느껴졌어요. 실상은 그러기가 어렵기 때문인지도 모르겠습니다.

베케트의 희곡『고도를 기다리며』에서 오지 않을 고도를 기다리는 블라디미르와 에스트라공이 거기 있는 것처럼, 오지 않을 무언가를 끊임없이 기다리며 '여기, 내가, 있다', '살아 있다'고 이야기하는 것 같았거든요. 「엘리베이터를 타려면 두 남자를 만나야 한다」의 화자와 표 형은 블라디미르와 에스트라공을 닮았어요. 한편으론 「여행자-구도에게」의 화자와 구도를 닮기도 했고요. "심장에 구멍 하나를 내고 자신을 받아들이십시오. 그 구멍에 오랫동안 외면했던 자신을 초대하십시오."라는 엘리베이터 속 남자의 말이 어쩌면 저 반복, 변주된 문장이 가 닿는 마지막 지점처럼도 느껴졌어요. 각 소설의 인물 설정이나 구성 또는 "여기 있다"는 표현

이
재
은

등을 통해 작가님이 드러내고자 했던 점은 무엇인가요?

**이재은**

내게 그 말은 뭘까, 어떤 의미가 있을까 파고들어 보니 저는 좀처럼 움직이지 않는 사람이더라고요. 적극적이지도 않고, 모험을 좋아하지도 않고요. 아, 이건 인간관계에 한한 이야기예요. 영어를 하나도 못 하면서 배낭 메고 인도에는 가는데 낯선 여행자와 어울리는 일은 꺼려요. 해 보지 않은 일을 시도하는 데 흥미가 있지만 낯선 사람과 부딪히면 극도의 스트레스를 받습니다.

오는 사람 안 막고, 가는 사람 안 붙잡는다는 말이 있잖아요? 저는 오는 사람도 막고, 가는 사람을 붙잡지도 않아요. 사람이 무섭거든요. 금세 나를 버리겠지. 떠나고 말겠지. 그런 걱정을 해요. 가지 말라고 늘어지고 싶은데, 다시 만나자고 애원하고 싶은데 그러지 못했어요. 애정 표현도 잘 못 했고요. 연인뿐만 아니라 친구, 동료, 동창 들에게도 그랬어요. 여전히 그런 성향이 남아 있고요.

아무튼, 그런 안타까움과 후회를 제 나름으로 푼 게 '여기 있다'인 것 같습니다. 용서해 줘, 사랑해 줘, 돌아와 줘가 전부 포함된, 뒤죽박죽이지만 진실한 그리움의 언어라고 할까요. 그렇다고 모든 사람에게 그런 말을 하고 싶은 건 아니고 특정 몇몇……

아, 갑자기 눈물이 날 것 같네요.

### 이병국

"미래보다 중요한 건 모든 가능성을 품고 있는 현재다"(「온라인 수업」)라는 문장도 가슴에 남아요. 그 이유가 현재의 가능성을 "관계의 외로움을 토로하고, 우울과 수치심을 내게 투영했던 나날"(「나비 날다」)들 속에 매몰시키는 것 같기 때문이기도 해요. 우리는 미래보다 중요한 현재의 가능성을 어떻게 하면 온전히 받아들일 수 있을까요? 우리는 날 수 있을까요?

### 이재은

어려운 질문이네요…….

무엇보다 열심히 살아야 하고요, 어쩔 수 없이 상

처는 받되 조금 뻔뻔해지면 됩니다. 그럼 가능성이 생겨요. 우리는 당연히 날 수 있고, 저는 날 수 있다고 믿는 사람이고요. 뭐든 너무 혼자 하려고 하지 말고 주변에 알리고, 도움을 청하고, 그리고 친구를 많이 만들면 좋을 것 같습니다.(저도 친구가 별로 없지만……)

**이병국**

생각보다 쉬운 일일 수도 있지만, 또 우리 삶처럼 쉽지 않은 일일 수도 있겠네요. 그럼 우리부터 친구하기로 해요.(웃음)

**이재은**

와! 좋아요. 악수할까요? 아니면 하이파이브?

**이병국**

언제나 마무리로 하는 질문이죠. 다음 집필 계획은 어떻게 하고 계시나요? 더불어 생활의 계획까지 여쭙는다면요?

**이재은**

살아 있는 자의 장례식이나 기이하고 신나는 장
례문화에 대해 쓰고 싶어요. 거듭거듭 생각 중인데
이 사람이다 하는 인물이 떠오르지 않네요. '그 인
물'이 뭔가 움직여 줘야 시작할 수 있을 텐데 말이
죠. 중편이나 장편소설로 완성하고 싶은 욕심이 있
어요.

생활의 계획이라면 바로 이 소설집 『1인가구 특
별동거법』이 출간되기만을 바라고 있습니다. 그러
면 '다른 생활'이 펼쳐지지 않을까 해서.

**이병국**

정말 마지막으로 질문 하나만 더 드릴게요. 작가
님의 '삶의 주제'는 무엇인가요?

**이재은**

살아내기입니다. 이왕이면 따뜻하게. 사랑으로.
사랑하면서. 사랑받으면서요.

타인의 삶에 관한 이야기를 듣고 그 삶을 안을 줄 아는 존재가 되기는 의외로 쉽지 않다. 사랑하는 것도 사랑받는 것도 어렵기만 하다. 아무리 어렵더라도, 그리고 팍팍한 생활에 치여 정서적 여유를 가질 수 없을지라도 실존적 고립으로부터 벗어나기 위해서라도 우리는 타인과 관계를 맺어야만 한다. 자신에게 주어진 혹은 허락된 자리가 아닌 "누군가를 살게 만드는 바람과 섞"일 수 있는 저 마을 쪽으로 우리는 우리 자신의 자리를 마련해야 할 것이다. 그러기 위해서라도 "정면이 아닌 측면, 혹은 후면에서 보는 것과 같"이 우리는 '나'의 삶과 '너'의 삶을 "비켜서서 보는" 과정이 필요하다. 삶을 이어가는 일상의 행위 속에서 이루어지는 작은 변화들을 나누고 끌어안음으로써 당장은 긍정되지 않는 삶일지라도 거짓으로 자신을 보호하려는 기만으로부터 자신을 지켜낼 수 있지 않을까. 아무리 힘들고 어려워도, 꿋꿋이 그 과정을 기록하며 글집을 짓는 일이야말로 고도를 기다리는 숭고한 작업으로 기억될 것이다.

〈작가의 말〉

이
재
은

여기 실린 짧은소설이 모두 최근에 쓴 소설만은 아니어서 예전 마음들이 가득 들어 있다.

여행하던 때, 서울 살던 때, 사랑했던 때…….

너라고도 쓰고 당신이라고도 쓰고 여자라고도 부른 사람들이 전부 나인 걸 들킬까 봐 두렵지만 그럴 수밖에 없었던 감정을 알아주는 독자가 있다면 반갑겠지.

카프카는 "나는 그 책을 읽기 위해서 읽는 것이 아니라, 그 책에 내 몸을 의지하기 위해서 읽는다." 고 했다.

내 문장이 누군가에게 힘이 되면 좋겠다.

가장 먼저 작품을 읽고 좋은 질문과 글을 남겨 준 이병국 평론가와 책을 출간해 준 도서출판 걷는 사람에 깊은 감사를 전한다.

2021년 가을
이재은

# 1인가구 특별동거법

2021년 09월 30일 1판 1쇄 펴냄

| | |
|---|---|
| 지은이 | 이재은 |
| 펴낸이 | 김성규 |
| 책임편집 | 김은경 조혜주 김도현 |
| 디자인 | 김동선 |
| 펴낸곳 | 걷는사람 |
| 주소 | 서울 마포구 월드컵로16길 51 서교자이빌 304호 |
| 전화 | 02 323 2602 |
| 팩스 | 02 323 2603 |
| 등록 | 2016년 11월 18일 제25100-2016-000083호 |

ISBN 979-11-91262-67-4 04810
ISBN 979-11-960081-2-3 (세트)

★ 이 책 내용의 전부 또는 일부를 재사용하려면 반드시 지은이와
  출판사의 동의를 얻어야 합니다.
★ 잘못된 책은 교환해 드립니다.
★ 본 도서는 인천광역시와 (재)인천문화재단의 후원을 받아
  (재)인천문화재단 문화예술육성지원 사업으로 선정되어
  발간되었습니다.